금산에서 꿈을 꾸다

우 조 일 수필집

금산에서 꿈을 꾸다

문학산책사

책을 내며

수필집을 낼까 말까를 오랫동안 망설였다.

요즘 사람들은 책을 잘 읽지 않는다는 생각과 내 글을 누가 재미있게 읽어 줄 것 같지 않기 때문이다.

또 수필이란 작가의 일상을 그리는 일이 많다 보니 은연중 내 부끄러운 실상이 고스란히 드러난다는 강박관념도 있다.

한편 문학의 길을 걸으면서 문우들과 우의를 나누고 작품을 토의하며 자긍심과 보람도 많이 느꼈다.

소싯적 문학을 동경하며 소설가가 되겠다고 공부한 때가 있었다. 그러나 군 생활과 직장 생활 등 50여 년 동안 잊어버린 문학의 길을 안양문화원에서 되찾고 수필을 공부하며 지금까지 느린 글쓰기에 결실을 맺으려니 망설임이 많을 수밖에 없다.

선생님과 주변 문우들의 격려가 없었으면 포기했을 첫 수필집을 이제 세상에 내놓아야겠다고 생각한다.

2025년 화사한 봄날에

우·조·일·수·필·집　　금산에서 꿈을 꾸다

차 례

2부 0시의 기도

3부 삼봉마을

4부 금산에서 꿈을 꾸다

5부 손주 바보 행진곡

1부 생일꽃 피고지고

작은 정원

화사하게 영산홍이 피었다. 크리스마스 분위기가 한창인 12월부터 3월인 지금까지 계속 피고 있으니 화무십일홍은 옛말인가. 처음 꽃 한 송이가 피었을 때는 길어야 일주일 정도겠지 했다. 그러나 장장 이십여 일 동안 홀로 고고함을 자랑했다. 그동안 주변에 꽃망울들이 하나, 둘 합세하면서 이제는 하나의 꽃바구니를 보는 것 같다.

무궁화 크기에 모양도 비슷한 영산홍이다. 길거리나 화원에서 많이 보아 왔으나 이런 종류가 있다는 것을 처음 알았다.

지난가을 안사람이 꾀죄죄한 이 화분을 들고 왔다. 시시한 화분을 가지고 왔다고 잔소리를 했다. 그리고는 어쩔 수 없이 부엽토를 사고 아파트 담 귀퉁이에 버려진 화분을 주워다가 분갈이를 하고 가지를 다듬어 주었다. 그 화분이 지금은 많은 꽃을 피워 우리 집 베란다 정원에 화려한 볼거리를 만들어놓았다.

영산홍은 꽃이 아름다운데 향기가 없다. 하기야 이제 막 경칩을 지난 이른 봄날이다. 베란다 유리창 안에서 벌과 나비가 찾아올 일도 없으니 향기를 피워 무엇 하랴. 물론 종족 번식을 위한 자연법칙을 무시할 수는 없는 것. 그러나 인간은 눈여겨 볼 만한 것이 있으면 여지없이 독식하려는 삽질을 자행한다.

여기 화분들은 자연 혜택을 제한받는 비좁은 공간에 갇힌 인간의 포로다. 그러나 숨이 턱턱 막히는 고통스러운 생을 유지하면서도 꽃과 잎을 피워 사람들에게 가시적인 즐거움을 주고 있는 것이 가상스럽기도 하다.

저 귀퉁이에 군자란이 입속에서 꽃대를 내뻗기 시작한 지 며칠이 지났다. 매년 초봄에 붉은 꽃을 피워 내 생일까지 기다려준다. 그래서 군자란이 피면 잊고 있던 생일을 생각하게 한다. 집사람은 저 꽃을 생일꽃이라 이름 지어 불러왔다.

군자란이 우리 집에 온 지도 꽤 오랜 세월이 흘렀다. 그동안 수많은 새끼를 쳐서 분양해 간 사람들이 많으니 장수한 보람은 충분히 얻었으리라.

오늘 햇볕이 무척이나 따사롭다. 베란다 유리창을 활짝 열고 봄기운을 마음껏 받아들인다. '혹시나 벌이라도 날아들려나?' 하고 화분에 물을 주다가 또 한 번 감탄했다. 신비디움 화분에 꽃대가 네 개나 돋아나고 있었다.

난 종류는 원래 물을 싫어하기에 다른 화분에 물을 주면서도 그냥 지나쳤다. 한동안 못 본 것이 서운했나. 그래서 나 좀 봐 달라고 꽃대를 쑥 내밀고 있단 말인가.

우리 집 정원에는 오래된 화분들이 몇 개 있다. 정원이라 하니 거창한 어감을 주나 나 같은 소시민이 감히 정원을 꿈이나 꿀 일인가. 그래서 아파트 좁은 베란다나마 각종 화분을 보며 정원이라 생각하고 물도 주고 거름도 주고 가지치기도 하면서 재미를 붙인다.

정원에는 오래된 유자나무와 귤나무가 각각 한 그루씩 있다. 그중 귤나무는 우리 4남매가 제주도에 갔다가 4포기를 사서 기념으로 각자 한 포기씩 집에서 길러온 것이 17년 전이다.

그 후 몇 번의 위기를 맞기도 했으나 다행히 지금까지 살아 있다. 이 나무들이 해마다 이른 봄이면 꽃을 피운다. 자그마한 나무에 흐드러지게 핀 꽃은 그 향이 온 집안을 가득 채우고도 남는다.

드디어 열매가 달리면 얼마 못가서 건실한 몇 개만 남고 모두 낙과를 한다. 여름을 거치고 가을이면 특유의 울퉁불퉁한 노란 유자와 귤을 볼 수 있는 곳이 우리 집 정원이다.

나는 그 유자와 귤을 제풀에 떨어질 때까지 겨우내 나무에 달아놓고 애지중지 구경만 한다. 혹시 앞 동 아파트에 사는 개구쟁이 손자 놈이 놀러 와서 손댈까 봐 단단히 일러두었더니 온갖 장난을 다 치면서도 화분들은 건드리지 않는 것이 천만다행이다.

이 아파트로 이사 오기 전에는 줄곧 단독주택에서 살아왔다. 앞뜰 담장 가에 커다란 모과나무 한 그루가 서 있었다. 집을 지을 때 열매가 달린 채 사다 심어 20여 년을 같이한 잘생긴 나무다.

모과라면 울퉁불퉁 못생긴 과일을 생각한다. 그러나 우리 집 모과나무는 가을이면 크고 잘생긴 황금빛 열매를 주렁주렁 매달고 있다. 이때는 지나는 사람들의 눈요깃감으로 충분하였고 때로는 짓궂은 아이들에게 서리를 당하기도 했다.

서리가 하얗게 내려앉은 후 수확하면 이웃집에 몇 개씩 나누어 준다. 길 가던 사람들도 그냥 달라는 말은 차마 못 하고 팔라고 한다. 그때 한두 개씩 쥐여 주면 그 진한 향을 맡으며 좋아하는 모습에 이 모과나무가 한없이 자랑스러워 보였다.

사람은 받는 것보다 주는 기쁨이 더 크다고 한다. 도심에서 모과를 통해 후덕한 농촌 인심을 음미해본다. 씨 뿌리고 김매고 땀 흘려 가꾼 농산물을 주고받으며 이웃사촌을 만들어 가던 고향의 훈훈한 사람 냄새를 모과에서 확인한다.

모과나무와 유자나무, 귤나무는 내가 가장 아끼고 자랑하는 나무였다. 각종 화초와 귤, 유자나무가 어우러져 열매가 익어 갈 때는 단독주택 베란다가 화려하다. 또 길갓집이라 모과나무와 베란다의 화분들을 보고 지나는 사람들이 많이 부러워했다.

이제 아파트로 옮겼으니 모과나무는 없어지고 곧 귤, 유자꽃이 피고 그 향이 집안 가득 넘칠 것이다. 나는 인공수정을 시키느라 붓을 들고 벌 나비인 양 이 꽃 저 꽃으로 부지런히 움직여야 열매를 볼 수 있다.

베란다 안 높은 온도 때문에 일찍 개화하는 것이 문제다. 아파트 높이 때문인지, 이른 계절 때문인지, 유리문을 열어 놓아도 가끔 길 잃은 벌 한두 마리 날아들다 그만이다. 어쩔 수 없이 내가 벌 나비를 대신할 수밖에 없다. 올해는 우리 집 작은 정원에 열매가 몇 개나 열릴까. 벌써 가슴이 두근거린다.

공원야경

추석날 저녁이다. 종일 차례상 준비하랴, 친인척 맞이 준비하랴, 분주한 시간을 보냈다. 모든 것이 제자리로 돌아온 이 시간, 한숨 돌리고 아내와 같이 산책길에 나선다.

발길은 병목안시민공원으로 이어진다. 병목안이란 말은 이 지역 동네 명칭이다. 산줄기 두 개가 맞닿은 곳에 겨우 하천 하나가 흐르고 길을 낸 안쪽은 넓고 깊은 골짜기가 형성되어 마치 병목 같이 생겼다고 붙여진 이름이다.

조선 말, 천주교인들이 박해를 피해 하나둘 모여 동네를 형성하고 담배재배를 해서 생계유지했던 곳이다. 그래서 담배촌이란 이름으로 불리기도 한다. 당시 최경환 성인이 살았던 고택과 묘소가 있어 천주교 성지로 꼽히는 곳이기도 하다.

우리 집 앞 삼덕공원은 찻길 옆이라 시끄러운데 병목안시민공원은 한적하고 공기 좋은 산속에 있어 마치 아늑한 안방 같아 좋다. 일제 강점기 1930년부터 1980년까지 철로 자갈을 채취하다 방치된 채석장을 공원으로 꾸며 2006년 개장한 곳이다.

산허리를 반이나 파내어 바위 절벽이 만들어진 현장은 폭탄을 맞은 전쟁터같이 어지러웠다. 이런 곳에 공원을 조성한다는 말을 처음 들었을 때는 믿기지 않았다. 어떻게 다듬어서 공원을 만들 것이며, 많은 예산을 투자할 가치가 있는 것인지 의심이 들었다.

하늘계단이라 불리는 130계단에 올라서니 숨이 헉헉 막힌다. 공원에는 꽤 많은 사람이 시원한 밤공기를 즐기고 있다. 뛰고 걷기 운동하는 사람들이 먼저 눈에 들어온다. 나도 같이 뛰거나 걷기를 해 볼까 하는 생각도 잠시 해 본다.

산 너머 한가위 달이 얼굴을 내민다. 밝고 큼직한 애드벌룬을 띄운 것 같은 달이 성큼성큼 텅 빈 곳으로 다가온다. 한가위 달맞이를 이곳에서 하게 된다. '아! 좋다' 나는 마음속으로 달을 보고 빌었다. 이 순간이 영원히 이어지게 해 달라고.

앞을 보니 잔디광장에 한 여인이 달을 보고 합장하고 있다. 그는 무엇을 기원하고 있을까. 달빛 속에 그 모습은 어릴 적 내 어머니가 기도하던 모습같이 경건함이 느껴진다. 주변을 시꺼먼 산들이 감싸고 있는 공원의 넓은 잔디광장은 밝은 조명으로 더 넓어 보인다. 또 아이들과 손잡고 산책하는 사람들을 한가위 달이 포근히 감싸주니 안개 낀 강가에 뱃놀이같이 한가로워 보인다.

한 바퀴 돌아 웅장한 물소리에 발길을 멈춘다. 낮에 본 폭포 풍경과는 판이하다. 인공바위로 가파르게 만든 폭포 주변에 나무를 심어 만든 풍경은 평소에 그렇게 아름답다고 생각해 본 적이 없었다. 그런데 어스름 달빛 속에 조명을 받은 폭포는 심산유곡을 연상케 하는 절경 중의 절경이다.

밤에 와서 폭포를 본 것은 이번이 처음이다. 평소에는 야간에 늦게까지 인공폭포를 운영하지 않기 때문이다. 높이 65m 폭 95m의 인공폭포에서 쏟아지는 세 줄기 폭포수와 독수리상이 내려다보는 좌측 끝에 폭포가 오색 조명을 받아 화려하게 용트림한다.

떨어지는 물소리는 열두 줄 가야금 소리가 되고, 오색 무지개 불빛 속에 춤추는 물줄기는 선녀들의 춤사위다. 절벽 위 나뭇가지에 봉황이 춤을 춘다. 선녀들이 노닌다는 무릉도원이 여기로다, 꿈속인 양 깊은 선 세계로 빨려 들어온 나는 그만 넋을 잃고 말았다.

선녀탕에 멱 감는 머리가 보인다. 출렁이는 물속에 누군가 시원히 몸을 담그고 있다. 하나, 둘, 몇 개의 사람 머리가 물속에서 일렁인다. 깊은 몽환 속에 빠져든 나는 나무꾼이 선녀들의 옷을 훔치는 연상에 빠져들고 있었다.

심산계곡은 햇빛도 없이 컴컴하다. 멱 감는 선녀들은 폭포 구경에 여념이 없다. 살금살금 다가가 바위 뒤에 몸을 숨기고 목욕하는 선녀들을 구경한다. 그들이 몸을 일으키기를 기다려도 꿈적도 안 하고 폭포 구경에 열중한다. 저들의 벗은 몸매는, 또 저들이 입던 옷은 얼마나 아름다울까? 비단결 같은 촉감에 혹 불면 날아갈 것 같은 선녀 옷, 그러나 아무리 둘러봐도 선녀 옷은 보이지 않는다. 저 높은 절벽 위 나뭇가지에 일렁이는 그림자가 그들의 옷인지 모른다.

상상의 나래에 깊이 빠져 무아지경을 헤매는 나를 현실 세계로 끌어낸 것은 아내의 출현이다. '아! 너무 좋다'며 옆에 와 앉는 그는 저쪽 운동기구에서 놀다가 이제야 나를 찾은 것이다.

깜짝 놀라 현실 세계로 돌아온 나는 맛있는 과자를 먹다가 빼앗긴 느낌이요, 재미있는 놀이를 하다가 방해받은 어린애같이 서운했다. 그곳에서 보고 느낀 바를 조잘조잘 이야기하는 아내가 일시적이나마 원망스럽기도 했다.

아내 때문에 신기루는 사라졌다. 가야금 소리와 아름다운 선녀들의 춤과 봉황은 온데간데없이 사라졌다. 출렁이는 물속에 떡 감던 사람 머리는 폭포 위를 비추는 서치라이트의 뒷모습으로 확인된다. 착각이 때로는 아름다운 상상을 낳는가 보다. 지금처럼 아름다운 착각은 언제든지 이어져도 좋겠다는 생각을 해 본다.

어느덧 중천에 떠 있는 보름달은 나에게 무엇에 그리 심취해 넋을 잃고 있느냐고 웃으며 물어본다. 몸을 일으켜 천천히 걸어 본다. 밤이 늦은데도 여전히 공원야경을 즐기는 사람들이 많다.

설날 단상

　한복 곱게 차려입고 두루마기 걸쳐 입으니 그래도 설 기분이 난다. 조상제사를 모신 후, 상 차려놓고 아들, 조카 내외와 손자 손녀들의 세배를 받는다. 건강하고 공부 잘하라고 덕담하며 세뱃돈을 나누어주니 모두 좋아한다. 이런 것이 명절을 기다리는 재미인가 보다.

　아들, 손주들과 오봉정사에 들러 아내를 성묘하고 범계역 앞에서 나 혼자 내려 주변을 천천히 산책한다. 평소에 젊은이들로 북적이던 거리가 한산하다 못해 적막감이 돈다. 주변 거리를 이곳저곳 기웃거려 보지만 명색이 설날인데 한복 입은 사람을 볼 수 없다. 한복이 그토록 거추장스러운 옷인가? 한복을 입은 여인의 모습이 얼마나 아름답고 품격이 있어 보이는가. 설날 어른을 찾아뵙고 조상을 성묘하는 하루만이라도 한복을 입어 주었으면 좋겠다는 내 생각은 기우인가? 어찌 된 일인지 몇 시간 동안 단 한 명도 한복 입은 사람은 보이지 않는다. 하기야 내 자식도 안 입으니 말해서 무엇할까.

옷이란 그 사람의 품성과 인격을 나타낸다. 때와 장소에 걸맞은 옷을 입는 것도 지켜야 할 예의라고 생각한다. 남의 눈을 의식하지 않고 제멋대로의 옷차림은 뭇사람들의 눈살을 찌푸리게 한다.

서울의 어떤 결혼식장에서 일이다. 신랑 신부 양가 혼주들이 나란히 서서 손님 맞기에 분주하다. 하객들은 저마다 좋은 옷을 차려입고 축하를 한다. 하객은 혼주 체면을 생각해서 옷차림에 신경을 더 쓰는 것은 인지상정이라고 본다. 또 하객도 식장 주변을 둘러보며 어떤 사람들이 참석했으며 어떤 차림인지를 보고 그 집의 형편을 짐작한다.

내가 아는 친구 한 사람은 상대방의 체면은 생각지 않고 자기 편한 대로 옷을 입고 다닌다. 오늘도 허름한 옷에 등산용 조끼를 입고 나타난 것을 보고 놀랐다. 이 사람은 작년 연말 호텔에서 치른 부부 동반 송년회 자리에도 저 조끼를 입고 왔던 기억을 하며 어떤 방법으로든 깨우쳐 주어야겠다고 생각하고 기회를 보다가 같이한 식사 자리에서 기어코 한마디 했다.

내가 입고 있던 외투를 그에게 입혔다. 그 사람은 놀라 왜 이러냐고 한다. 그놈의 조끼 좀 가리라고 그런다고 하니 어떻게 받아들였는지 얼굴이 벌겋게 달아올라 음식을 먹는 둥 마는 둥

하더니 어느새 없어졌다. 그 후 그의 옷차림을 유심히 살펴보는데 상당히 변했다는 것을 느꼈다.

버스 정류장에 이르니 그래도 오가는 사람과 차를 기다리는 사람들이 적지 않다. 문득 주변에 외국인이 많다는 것을 느꼈다. 버스를 타면 집 앞에 내리는데 일부러 전철을 탔다. 역시 외국인들이 많다. 안산에 외국인 근로자들이 많으니까 4호선에는 평소에도 많았다. 더구나 오늘은 승객 모두가 외국인이다. 저 많은 외국인은 가난한 자기 조국을 원망하며 멀리 타국에서 가족들의 생계를 위해 온갖 힘든 업종을 마다하지 않고 일하며 이곳에서 받는 서러움은 또 얼마나 많을까.

안양역에서 중앙시장을 거쳐 집으로 오는데 북적거리던 시장 안은 조용하고 다섯 사람의 동남아인 남자와 여자 한 사람, 그리고 한국 여자 한 사람이 그룹을 지어 나를 앞질러 저만큼 걸어간다. 그들은 내가 입은 한복이 낯설어 보이는지 힐끗힐끗 돌아본다.

우리도 단일 민족 한 핏줄이란 단어는 이제 접어야 하는가? 결혼도 국제화가 이루어진 것 같다. 또 농촌 총각들의 결혼문제는 오래전부터 심각한 사회 문제가 되어 온 것은 주지의 사실이다. 돈벌이에만 치중한 중매회사들에 의해 무차별적으로 수입 신부들을 받아들인 결과 국제결혼 3쌍 중 1쌍이 이혼이라니 우리나라 남성들의 결혼문제가 얼마나 심각한지 바로 말해준다. 또 위장 결혼으로 국적만 취득하고 자취를 감추는 외국 여성들이 상당하다는 것도 놀랍다.

국제결혼을 한 부부들이 가장 힘들어하는 차별과 따돌림은 가출과 이혼으로 이어진다. 같은 방법으로 제2와 제3의 신부를 맞아들여야 하는 우리네 노총각들의 고민을 해결하는 묘안은 없을까? 정부와 지자체에서 그런대로 노력은 하고 있으나 실효를 거두지 못하고 겉돌고 있다는 느낌이다.

우선 위장 결혼을 막을 수 있는 제도적인 장치가 시급히 만들어져야 한다. 결혼을 빙자해 한국에 입국한 후 직업전선으로 자취를 감추는 신부들에 대한 철저한 단속이 필요하다.

국제결혼을 하는 이들의 인식변화도 필요하다. 돈 주고 신부를 사 왔다는 선입견을 버려야 하고, 언어, 풍속, 문화에 익숙해지도록 주변 사람들이 다독거리고 아껴주는 상당한 노력이 필요하다고 본다. 또 그들에게서 태어난 2세들이 자라면서 상처받지 않도록 모두의 인식변화가 시급하다. 그러지 못하고 내버려 두었을 때 사회적인 문제를 일으킬 수 있다는 걱정도 해 본다.

그러나 그들도 수 세대가 지나가면 우리와 똑같은 얼굴을 하고 같은 민족으로 살아갈 것이다.

내가 괜한 걱정과 상상을 하는 중 설날 특집방송에서 혼혈가수의 성공적인 삶을 대담으로 방영하고 있다. 우리 주변에는 모범적인 삶을 살아가는 혼혈인들이 얼마나 많은가. 내 속마음을 아는 듯 혼혈가수의 한복차림이 화면 가득 환하게 웃고 있다.

어머니는 위대하다

7호선 전철을 탔다. 노약자석에서 잠깐 눈 감고 졸았다. 옆자리에 누군가 털썩 앉는 기척에 눈을 떠 보니 20대 건장한 청년이다. 비교적 한산한 전동차 안이라 빈자리니까 앉는가 보다 생각했다.

청년 앞에 선 50대 여인이 그의 두 손을 꼭 잡고 애잔한 눈으로 바라보고 있다. 어디가 안 좋은 사람인가 보다 하고 곁눈질을 해 본다. 갑자기 청년이 큰 소리로 알아들을 수 없는 말을 지껄이며 험악한 얼굴을 하고 한 손을 허공에다 흔든다.

나도 주변 사람들도 모두 놀랐다. 앞의 여인은 재빠르게 그의 손을 끌어 잡고 가볍게 흔들면서 귀 가까이에다 입을 대고 무슨 말을 하며 달랬다. 주변의 시선은 일시에 이곳으로 집중되고 경계의 눈길이 모였다.

조용해진 틈을 타서 아드님이냐고 물어보니 그렇다고 한다.

"여기 앉아 보살피세요."

하고, 내가 비어 있는 건너편 좌석으로 옮겨 앉으니 여인은 미안한 듯 의자 끝에 궁둥이를 가볍게 붙이고 앉는다.

여인은 아들 손을 놓지 않고 꼭 잡고 있다. 몇 정거장이 지났다. 여인은 새로 탄 노인들에게 자리를 양보하고 일어선다. 그때 그 아들은 조금 전과 같이 소리를 지르며 한 손을 들어 노인의 머리 위 허공을 휘젓는다. 그 손짓은 어머니를 자리에서 일어나게 만든 노인에게 항의를 하는 행동이었다. 놀란 노인은 머리를 옆으로 피한다. 당황한 여인이 재빨리 아들 손을 끌어 잡고 무어라고 달래니까 역시나 금방 조용해졌다. 아들의 정신세계는 모호할지언정 모자간의 정은 남다르지 않다는 것을 보여준다.

건장하고 잘생긴 아들이 지적 장애인이라니, 저 어머니는 그동안 얼마나 많은 애간장을 태웠을까. 그리고 앞으로도 얼마나 많은 세월을 저렇게 살아야 할까. 가냘픈 여인의 화장기 없는 얼굴에 근심이 가득하다. 그러나 어딘가 지적인 기품이 있어 보이는 여인은 그러한 아들을 둔 것이 자신의 업보인 양 담담하게 감내하는 듯하다. 또 주변에 어떤 피해를 줄까 봐 아들 두 손을 꼭 잡고 전전긍긍하는 그 모습에서 이 세상 어머니들을 본다. 한없는 모성애는 주변 시선도 육신의 고통도 저 여인에게는 아무런 의미가 없다. 오로지 보호하고 책임져야 할 어머니

역할만 있을 뿐이다.

내가 사춘기 때이다. 이상하게 시름시름 앓게 되자 부모님 걱정이 이만저만 아니었다. 멀쩡하다가 열이 나고 그러다가 또 오한과 고열에 시달리기를 상당 기간 지났을 것이라고 기억된다.

우리 집은 방천이란 동네 이름과 걸맞게 약간 높은 뚝 길가에 있었다. 앞뒤는 논밭으로 시원하게 터져 있고 좌우로 동네가 형성되어 있다.

이날은 별로 열도 없이 약간의 식사도 하고 잠이 들었다가 새벽에 화장실을 가기 위해 밖으로 나왔다. 볼일을 본 나는 시원한 밤공기를 한껏 마셨다. 늦여름 밤의 달빛을 보며 기지개를 한껏 들이켰다. 그리고 대문 가로 발길을 옮기던 그때 저쪽 구석 장독대 앞에 촛불을 켜고 희끄무레하게 움직이는 물체를 보고 깜짝 놀랐다.

내가 몸이 쇠약해져 헛것을 본 것인가? 하다가 실체를 확인하고는 또 한 번 놀랐다. 어머니다. 아직도 나를 의식하지 못한 어머니는 열심히 주문을 외우며 두 손을 비비고 절을 하고 있었다. 어머니 몰래 방으로 돌아온 나는 방금 처음 본 어머니 모습에서 한없는 연민을 느꼈다. 나도 몰래 눈물이 뺨을 적시고 있었다.

어머니는 그때 폐결핵을 앓고 있었다. 어려운 형편이라 큰 병원에서 제대로 된 치료 한번 받지 못하고 '파스'라는 결핵약만으로 견디고 있었다. 설상가상으로 나마저 당신의 병과 비슷한

증상으로 한 달 이상 앓고 있으니 돈도 문제려니와 두려움에 병원에 갈 엄두를 내지 못했다.

당신의 병이 아들에게 전염되지 않았나 하고 내심 걱정이 이만저만 아니라는 것을 나는 눈치채고 있었다. 내가 앓고 있는 병세가 어머니 병세와 너무 비슷했기 때문이다. 정화수 떠 놓고 칠성님께 '내 병이 자식에게 이전되는 것은 절대로, 절대로 아니 되나이다.' 하고 한없이 빌고 또 빌었을 것이다.

나는 밤새 생각하고 또 생각했다. 어머니 병이 과연 내게 전염된 것일까? 그럴 리 없다. 다시 한번 나 자신을 꼼꼼히 진단해 본다. 오후에만 몸이 아프다. 또 하루건너 더 심하게 몸이 아프다는 데 생각이 미치자 혹시나 하고 번개 치듯 정신이 번쩍 든다. 말라리아다.

다음날 나는 약방에 가서 '금계랍'이라는 노란색의 말라리아 약을 지어와 먹었다. 자기 몸은 자신이 가장 잘 안다더니 나 스스로 진단하고 처방을 내렸는데 그것이 적중했다. 또한, 어머니의 간절한 기도가 하늘에 닿은 것일까? 그래서 스스로 진단할 수 있는 지혜를 준 것일까? 약 몇 알에 그동안의 시름을 털고 기적같이 건강을 회복했다.

어머니는 위대하다, 이 말은 아무도 부정하지 못할 것이다. 전철 안에서 만난 그 여인의 애잔한 눈빛 속에서 내 어머니 얼굴이 겹치며 콧등을 시큰하게 한다.

운수 대통한 날

　　토요일 저녁 병목안시민공원에 들렀다가 삼거리 정류장에서 버스를 기다렸다. 한증막에 왔다 가는 길인지 배낭을 멘 대여섯 명의 여인과 두 사람의 젊은 남자도 같이 버스를 기다렸다. 버스가 왔다. 먼저 타라고 하고 맨 나중에 내가 탔다. 지갑을 꺼내 카드를 찍고 자리를 잡으려는데 내리막길에서 서서히 가던 차가 갑자기 급정거했다.

　　나는 그대로 운전석 보호 칸막이에 머리를 부딪치고 몸뚱이는 기사 바로 뒷좌석 사이에 처박혔다. 정신을 차려 의자 사이에서 빠져나오느라 애를 썼다. 간신히 몸을 추슬러 저만치 내던져진 지갑을 주었다. 정신이 멍멍한 가운데 내가 이렇게 움직이고 있는 것을 보니 크게 다친 곳은 없는 것 같아 천만다행이라 생각했다.

이때 참 세상이 각박하다는 것을 느꼈다. 내가 넘어져 구석에 처박혔는데도 버스 기사는 보이지 않고 차 안의 많은 사람은 멍하니 쳐다보기만 한다.

왼쪽 팔뚝이 몇 군데 벗겨져 피가 난다. 머리는 운전석 보호막 파이프에 부딪혀 오른쪽 귀 위가 얼얼할 뿐 상처는 없다. 좌석에 앉았다. 그때야 버스 기사는 사고 원인을 제공한 자가용 운전자를 데리고 올라왔다. 나는 버스 기사에게 화를 냈다.

"당신은 다친 사람은 염두에도 없고 책임 면할 생각만 하느냐?"

하고 꾸짖으니 그때야 죄송하다고 하는데 보니 여자기사다. 자기들끼리는 벌써 타협이 되었는지 원인 제공자인 승용차 운전자에게 나를 인계하고 병원에 가보란다.

얼떨결에 그 차를 타고 병원을 가면서 생각하니 이 차와 나는 직접적인 관계가 없다. 치료를 받는다면 버스 기사와 해결할 문제 아닌가? 샘안양병원은 토요일 오후라 한산했다. 응급실 앞이다. 나를 데리고 온 사람에게 말했다.

"응급실에 들어가면 이것저것 검사 때문에 돈과 시간이 많이 소요될 것이다. 내가 별로 많이 다치지 않은 것 같으니 약국에 가서 치료 약이나 사주시고 명함이나 하나 주세요."

그는 몹시 반기는 눈치다.

교통사고라면 무조건 입원을 하고 여기도 아프다, 저기도 아프다면서 심지어 오래전에 아프던 병도 차제에 덤으로 써먹는 일도 있단다. 시간이 오래 걸리네, 돈이 많이 드네 하면서 가해 운전자를 동정하니 주객이 뒤바뀌어도 한참 뒤바뀐 형국이다.

약국에서 연고와 소독약을 샀다. 그곳에서 팔뚝에 난 상처에 임시 치료를 했다. 그리고 의자에 앉으려다가

"아얏!"

하면서 용수철 같이 튀어 올랐다. 깜짝 놀라 만져보니 엉덩이에 달걀만 한 것이 만져진다. 뾰족한 무엇에 심하게 부딪힌 것이 이제 부어오른 것 같다.

원인 제공자인 그는 모임에 가기 위해 그곳에 왔다가 모임 장소를 찾아 헤매다가 삼거리에서 버스와 추돌할 위기에 처한 것이다. 그와 나 그리고 운전기사는 오늘 하루 운이 좋았다. 버스 기사가 급정거하지 않았다면 그는 중상 이상의 불행한 사태가 발생했을 수도 있다. 버스 앞범퍼가 승용차 운전석 옆구리를 정면으로 들이받았을 것이기 때문이다.

나 또한 다행히 가벼운 상처로 며칠 치료하면 될 것 같다. 나 같은 늙은이가 그 정도 나둥그러졌으면 어디가 부러지던가, 크게 상처가 났을 법한데 이 정도니 얼마나 다행인가.

사람 일이란 한 치 앞을 내다볼 수 없다. 나는 매일 아침 이곳 병목안시민공원에서 운동한다. 공원에서 오늘 오후 6시 30분부터 무슨 공연을 한다는 현수막을 본 기억이 떠올라 심심하던 차 운동 겸 걸어와서 보니 오늘이 아니라 내일이다. 그래서 돌아가는 길에 버스를 탄 것이 사건의 발단이다.

내가 현수막의 공연 날짜를 오늘로 잘못 보지만 않았어도, 또 버스를 타지 않고 평소처럼 걸어 내려만 갔어도, 여자들에게 앞자리를 양보하지 않고 순서대로만 탔어도 이런 사고를 당하지 않았을 것이다. 이런 것이 오늘 하루 운세라고 하는가 보다. 만약 쇠파이프 칸막이에 부딪힌 머리가 심한 상처라도 입었다면 또 의자 팔걸이 귀퉁이에 찍힌 대퇴골에 골절이라도 입었다면 어떻게 되었을까, 생각만 해도 아찔하다. 주변에서는 입원하라고 성화다. 머리 MRI도 찍어보고 대퇴골 X선 촬영도 해보아야 한다고들 한다.

자기 몸을 가장 잘 아는 의사는 자기다. 물론 이 정도면 며칠 입원할 수 있는 것도 사실이고 반대로 자가 치료도 가능하다. 멍들고 부어오른 엉덩이와 찰과상을 입은 팔뚝은 특별한 치료 없이 시간이 해결해 줄 것이기 때문이다.

교통사고 이야기하다 보니 나보다 더 아찔한, 손자 현빈이 당한 사고 생각이 난다. 현빈이가 갓 초등학교에 입학하고 얼마 후에 일어난 일이다. 오후에 한가로이 집에서 쉬고 있는데 성원 1차 상가 슈퍼 사장한테서 전화가 왔다. 손자가 교통사고를 당했다고 슈퍼 앞으로 빨리 오란다. 놀라 뛰어가니 승용차 앞에 현빈이가 쭈그리고 있고 슈퍼 사장과 운전자가 둘러서 있다.

보아하니 크게 다치지는 않은 것 같아 다행으로 생각하고 사고 경위를 들어보니 현빈이가 성원 1차 아파트에 사는 친구와 같이 친구 집으로 가면서 도로를 무단횡단하다가 앞선 친구는 무사하고 현빈이만 승용차에 가볍게 부딪혀 약간의 상처를 입은 것이다.

다행히 신호대기 중이던 승용차가 서서히 출발한 덕분에 가벼운 부상에 그친 것이고 운전자가 조금 더 빨리 달렸다면 큰일 날 뻔했다. 운전자는 이십 대 후반의 젊은 사람인데 그렇게 천천히 운전했다는 것도 천지신명이 도운 행운이라고 생각했다. 나는 그 운전자에게 고맙다고 했다. 운전자는 잔뜩 겁을 먹고 있다가 내가 도리어 고맙다고 하니 어리둥절해 한다.

그 차로 샘안양병원 응급실로 가서 이것저것 검사를 해도 크게 문제 될 것은 없다. 며느리가 연락받고 직장에서 뛰어와 현빈이를 잡고 울고 난리를 치는데 달래느라고 애를 썼다.

두 사건 모두 처음 당해보는 교통사고지만 이만하면 운수 대통한 날이다. 나는 부어오른 엉덩이 때문에 바로 눕지도 못하고 며칠을 고생했다. 이번 사고를 겪으면서 평소 부지런히 운동으로 단련시킨 몸의 덕을 톡톡히 보는 것 같다. 크게 불편한 것 없이 거짓말처럼 상처도 하나하나 아물고 다시 시민공원으로 운동 갈 수 있어 얼마나 다행인지 고맙기만 하다.

기계의 힘

수암천 산책길을 병목안시민공원까지 연결하는 공사가 한창
이다. 포크레인이 필요한 모양의 바위를 골라 빈틈없이 둑을 쌓
아 나가는 모습을 재미있게 구경하고 있다. 갈수록 기계에게 일
거리를 내어주고 사람은 할 일이 없어진다는 생각을 해 본다.

15년 전 즈음인 2009년, 삼덕공원 조성 당시 공사 현장을 지
켜보며 감동한 일이 생생하게 떠오른다. 그때 나는 아파트 뒤
창문을 열고 길 건너 공원 주차장 공사 현장을 내려다보고 있
었다. 한 블록의 건물들이 일 주일여 만에 흔적 없이 사라졌다.
이제 마지막 4층과 5층 건물 두 개가 뜯기고 있다.

포크레인은 거대한 가재를 연상케 한다. 커다란 집게발톱으
로 죽은 물고기를 허겁지겁 뜯어 먹고 있다. 휑하니 뚫어진 창
문은 물고기 눈을 연상케 한다. 가재의 집게발이 몸뚱이를 파먹

어도 아픔을 느끼지 못하는 감각 없는 시체다. 집게발은 견고한 갑옷을 연방 찍어 뜯어낸다.

건물 한쪽 모퉁이가 우지직 소리를 내며 힘없이 무너져 내린다. 뜯어진 잔해는 작게 부서져 포크레인 발아래에 깔려 흔적을 찾을 수 없다. 세상은 파괴와 건설의 윤회輪廻 속에 발전하고, 사람들은 그것을 즐기고 있는 것 같다.

십여 년 전만 해도 이만한 공사장이면 많은 인력이 필요했다. 모든 작업이 수작업으로 이루어졌기 때문이다. 한 블록의 수십 동 건물을 철거하는 데 포크레인 두 대가 전부다. 먼지 날림을 막기 위해 물 뿌리는 한 사람만 따라붙을 뿐이다. 장마철이라 억수같이 비가 내릴 때가 있다. 그때도 작업은 쉬지 않고 계속되고 물 뿌리는 사람마저 필요없다. 포크레인 저 혼자 차근차근 잘도 뜯어 먹고 있다. 토목, 건설 작업장에 비 오는 날이면 공치는 날이라는 옛날 유행가 가사는 이제 죽은 가사가 되었다.

작년 말에 개장하고 일부 공사가 진행 중인 삼덕공원은 원래 삼덕제지 공장이 있던 자리다. 40여 년 안양 시내 중심가에 자리 잡고 있던 공장이 다른 지역으로 이전했다. 제지공장 설립자는 그 부지 약 5천 평을 공원용지로 안양시에 기증했다.

시내 중심가에 자리 잡고 있던 공장에서 그동안 많은 부富를 이루었기에 그것을 공장공해를 참고 견뎌준 시민들에게 되돌려 주는 아름다운 기부문화를 삼덕공원에서 본다.

안양시는 건물 한 블록을 사들이고 또 옆으로 흐르는 수암천을 연계해서 공원 조성 작업을 한다. 그뿐 아니라 복개된 수암천을 자연 친화적인 하천으로 개조하는 작업이 한참 진행 중이다. 청계천을 모방해서 항시 물이 흐르고 사람과 자전거가 다니는 산책길을 만들기 위해 복개 주차장을 뜯어내고 있다.

복개천 해체작업을 본다. 포크레인이 '쿵쾅쿵쾅' 콘크리트를 때려 부수는 것으로 생각했는데 내 생각은 완전히 빗나갔다. 별로 크지도 않고, 트랙이 달린 발전기같이 생긴 '와이어 쏘'라는 기계를 이용한다. 가느다란 다이아몬드 로프가 돌아가면서 천천히 콘크리트를 잘라낸다. 뿌연 먼지와 연기가 뿜어져 나오고 한 사람은 호스로 계속 물을 뿌려준다. 두께가 30cm는 됨직한 두껍고 철근까지 들어있는 콘크리트 바닥을 두부모 자르듯 반듯반듯하게 잘라내고 있는 현실에 그저 감탄할 뿐이다. 이 기계가 이화다이아몬드에서 만든 것이로구나 생각한다. 세계 최초로 화강석 절단용 다이아몬드갱쏘를 개발한 우리 기업의 위용을 말만 듣다가 현장을 처음 본다.

잘라낸 콘크리트는 직사각형의 아파트 베란다 창문틀 크기만 하다. 약 10톤 정도의 바닥재를 크레인이 옮겨다 주면 포크레인의 이빨이 그 자리에서 부숴 버린다. 재활용이 가능할 것 같은데 아깝다는 생각이 든다.

하천가에 콘크리트 옹벽을 허물고 자연석을 쌓고 있다. 사람의 힘으로는 도저히 들어 옮길 수 없는 큰 바위들을 포크레인은 간단하게 집어다 옮긴다. 자유자재로 돌을 쌓아 나가는 광경은 신기하기도 하다. 전혀 사람의 손이 필요치 않다. 다만 돌의 위치와 방향을 지시하는 사람과 영산홍, 개나리 종류의 나무와 풀을 돌 사이사이에 심어주는 것이 고작 사람들이 하는 일이다.

사람들은 계속 편리한 기계를 만들 것이고, 또 그 기계를 이용해 모든 것을 해결하려 할 것이다. 또 공장들은 모든 시스템이 자동화로 바뀌어 가고 제조업의 수출은 늘고 있는데 반대로 일자리는 매년 감소하고 있는 기현상을 사람들은 바라만 보고 있다.

로봇이 사람 대신 기계를 움직이게 되고, 시스템만 갖추어 놓고 저 멀리서 사람들 생각대로 로봇을 조정하는 세상이다. 기계에 모든 일자리를 내주고 그다음에 사람들은 무엇을 하게 되며 또 할 일은 무엇이 남아 있을까.

심지어 요즈음 AI 기술이 하루가 다르게 발전하고 있다. 전문가들은 사람을 능가하는 AI가 나온다고 하니 환영해야 할 일인지 걱정해야 할 일인지 모를 일이다. 그러나 갈수록 인구 감소가 심각한 상황에서 나라 지킬 군인도 모자란다고 하니 AI를 활용하거나 로봇 군인이 등장해야 하지 않을까 하는 생각도 해본다.

2024년 7월 12일 오늘 언론에 보도된 대공 레이저포(불록 -1) 개발소식을 들으니 기계 발달은 무한대로 빠르게 진행되고 있다는 것을 실감한다. 지금 북한의 드론과 오물 풍선으로 신경을 곤두세우고 있다. 레이저포를 실전 배치하면 한방에 가성비

2.000원 정도에 이삼 킬로미터 내에 있는 무인기나 오물 풍선을 700도 열에너지를 쏴 격추시킨다고 한다. 계속해서 불록-2로 발전시키면 미사일이나 전투기도 꼼작 못할 세상이 올 것 같은 생각에 대한민국이 자랑스럽다.

그 여자의 일생

코로나 예방접종을 위해 병원 접수대 위에 놓인 그녀의 주민증을 본다. 증명사진 속 얼굴이 참 깍쟁이 같이 생겼다는 생각이 든다. 뒤편 의자에 앉아 있는 그녀는 열심히 통화 중이다. 누구냐고 물으니 '응, 성민이요.' 한다. 성민이는 그녀의 셋째 아들이다.

그녀를 처음 알았을 때, 그녀는 세상 떠난 남편과의 사이에 성이 정 씨인 두 아들이 있고 그 아래에 성이 박 씨인 셋째 아들이 있다고 말했다. 성이 다른 아이가 있다는 말에 깜짝 놀라 물으니 셋째는 불쌍한 아이라서 데려다 키웠다고 한다.

내용인즉 성민이 아버지가 세상을 떠나자 홀로된 성민이 어머니는 성민이를 키울 수 없어 교회에다 버렸단다. 그 교회 권사이던 그녀의 큰집 동서가 주변의 권유로 성민이를 데려와 키우게 되었단다. 하지만 겨우 세 살배기인 남의 아기를 키운다는 것이 쉬운 일이 아니었다. 더구나 큰집 동서는 동대문 시장에서 포목상을 하고 있어 집에 있는 시간이 많지 않았다.

자연히 성민이는 혼자 집에 남아 있는 날이 많게 된다. 아직 대소변을 못 가리는 성민이는 집안을 온통 뒤집어 놓는 일을 자주 벌이고, 자연스레 집안의 천덕꾸러기가 되었다. 그러자 큰집 동서는 성민이의 거취 문제를 심각하게 고민하게 된다. 이러한 성민이와 큰집 동서의 딱한 사정을 알게 된 그녀는 결코 외면하지 않고 성민이를 내가 키우겠다며 집으로 데려왔다.

성민이는 그녀의 따뜻한 보살핌 속에 행복하게 자랄 수 있었다. 성민이는 가끔 큰집에 가는 날이면 큰집 식구들은 보지 않으려고 외면하였고 혹시나 그녀가 자기를 떼어놓고 갈까 봐 겁을 먹고 그녀를 꼭 붙잡고 놓아주지 않았다.

성민이는 다행히 착했다. 형들과도 잘 어울리고 형들도 예뻐해 주니 행복하게 자랄 수 있었다, 대학까지 마치고 지금은 서울에서 우체국 공무원으로 근무하고 있으며 모 카드회사 여직원과 교제한 끝에 결혼도 했다. 그녀는 성민이를 친자식같이 키워서 결혼시키고, 성민이가 한 가정을 이루어 살게끔 전셋집까지 얻어 주었다.

그녀의 남편은 모 여고 교직원으로 근무했는데, 출근하다가 갑자기 뇌출혈로 쓰러져 세상을 떠났다. 50대 초반에 남편을 잃은 그녀는 한때 심한 우울증에 시달리며 방황하기도 했다. 치료를 위해 여러 병원을 전전하던 중 한 의사가 '우울증은 스스로 마음을 다잡고 다른 일에 집중해야 고칠 수 있다.'는 충고를 하자 이를 받아들였다. 전업주부로만 살았던 그녀는 스스로 나서 생전 처음으로 모 용역회사에 취직하고, 맡은 일에 열중하며 직장동료들과 어울려 지내면서 우울증에서 벗어날 수 있었다.

그녀는 다행히 서울 신정동에 3층 상가건물 하나를 가지고 있어 홀로 세 아들을 뒷바라지하는데 어렵지 않았다. 그녀의 큰아들은 공부에 매진하여 박사과정을 마치고 부산의 모 외국어대 교수를 거쳐 지금은 그 대학 인문대학장으로 근무하고 전국 인문대교수협의회 회장을 맡고 있는 장래가 유망한 사람이다.

둘째 아들은 모 전문대에서 보석세공 기술을 배워 종로에서 보석상을 하다가 사기를 당해 많은 빚을 안게 되는 불운을 겪고 말았다. 그녀는 상가건물을 매각하여 둘째의 빚을 청산해 주었다. 어머니의 도움으로 약간의 돈을 손에 쥔 둘째는 익산 보석단지에 내려가 세공 기술을 발휘한 끝에 재기하여 지금은 커다란 금은방을 운영하는 사장이 되었다.

이렇게 자식들은 모두 성공하여 행복하게 살긴 하지만 자식들과 떨어져 홀로 지내는 그녀로서는 외로움을 떨칠 수가 없다. 그렇다고 어느 자식 집에 얹혀살 수도 없다. 그동안 스스로 쓸고 닦고 내 손으로 내 마음대로 가정을 꾸려왔는데, 지금 와서 며느리 눈치 보고 비위 맞춰가며 살 수는 없는 노릇이다.

손주들도 어릴 때는 잘도 따르더니 머리가 크고 학교에 다니게 되니 저희끼리만 뭉치고 놀 뿐, 멀리 떨어져 사는 할머니는 뒷전이다. 여간 섭섭한 게 아니다. 이때 딸이라도 있으면 얼마나 좋을까 하고 딸 있는 친구들을 부러워한다.

드디어 그녀는 늘그막에는 말동무라도 하고 의지할 수 있는 짝을 찾는 수밖에 없다는 결론에 다다른다. 내 인생은 내가 사는 것이지 자식이 대신 살아주는 것이 아니란 이치를 깨닫는다. 자식이란 키워서 공부시키고 짝을 맞추어 주고는 남처럼 멀리서 바라봐야지 어미랍시고 가까이 다가가면 본인만 상처받는다는 물정을 깨우친다. 이미 어른이 된 자식과 나는, 클 만큼 큰 손자와 나는 종속관계가 아니라 대등한 관계의 한 사람에 지나지 않는다는 깨달음에 도달한다.

이즈음 그녀는 아는 사람으로부터 좋은 사람이 있으니 한번 만나보라는 권유를 받고, 아내 잃고 홀로된 갓 칠십의 한 남자를 만난다. 그는 군에서 정년 퇴임한 건실하고 반듯한 성격의 괜찮은 사람이다. 다만 나이가 열세 살 연상인 게 흠일 수 있겠으나 '너는 나이 많은 사람과 결혼해야 잘 산다'는 어느 유명한 역술가의 이야기를 처녀 적부터 들어온 그녀에게 나이는 문제되지 않았다.

그녀는 그와 재혼했다. 새로운 가족과 주변의 축복을 받으며 어느덧 십칠 년째 행복하게 살아간다. 또 천성이 착하고 베푸는 성격의 소유자라서 친인척은 물론 이웃 사람들로부터 인기를 끈다.

명절 때가 되면 아파트 경비원과 청소원들에게 선물을 챙겨

주는 것은 물론 알고 지내는 주변 사람들에게도 일일이 선물하는 것을 잊지 않는다. 그녀는 매사에 상대보다 내가 손해 본다는 자세로 임한다.

그 보답인지 그녀의 집 현관문 손잡이에는 누가 놓았는지 음식물 봉지와 기타 선물 봉지들이 끊이지 않고 걸려있다. 삭막한 도시 아파트 생활에서 보기 어려운 풍경이다. 마치 화목한 시골 동네같이 포근한 광경이다. 그녀의 전화기는 수시로 울리고, 언니 동생 하는 통화음은 정겹기만 하다.

벌써 십여 년 전 일이다. 재혼한 남편의 아들이 작은 아파트에서 32평형 아파트로 옮기려는데 돈이 모자라 대출을 받아야 하나 어쩌나 고민할 때다. 그녀는 자신이 가지고 있던 오천만 원을 그 아들에게 기꺼이 내주었다. 이 대담하고 헌신적인 행동에 집안사람들은 모두 놀랐다.

그녀는 왕년에 부평 삼산단지의 아파트를 분양받아 살다가 전세를 놓았다. 그 전세금 일부로 양자 성민이의 전셋집을 얻어주고 남은 오천만 원을 갖고 있었는데, 그걸 재혼한 남편의 아들에게 흔쾌히 건네준 것이다. 친자식은 아닐지라도 지금 남편의 자식인 아들이 어려움에 처했을 때, 친어머니는 아닐지라도 지금의 어머니로서 도움을 주는 건 당연하다는 그녀의 인식과 행동은 재혼 가정에서 보기 드문 일이 아닐 수 없다. 남편이 받은 감동은 강물을 이루었다.

그리고 수년이 지난 작년, 남편은 현재 거주하는 본인 명의의 아파트를 그녀 명의로 이전해주었다. 그렇다고 이전에 대해 그녀가 남편에게 어떤 요구를 한 적은 한 번도 없다. 아파트 명의 이전은 그녀의 헌신에 감명받은 남편의 감사 표시였다. 그리고 열세 살 연상의 본인이 먼저 떠난 후 홀로 남을 그녀가 여생에 어려움을 겪지 않게 하겠다는 배려였다. 여기에는 상속자인 아들은 물론 집안의 그 누구도 반대하는 사람이 없었다.

그녀는 독실한 천주교 신자다. 매일 아침 일어나면 가장 먼저 성모상 앞에 꿇어앉아 돌아가신 조상 영혼들부터 가족들의 이름을 일일이 거명하며 안녕을 기원한다. 매일 그녀의 정성 어린 기도로 가정이 편안하고 화목하다고 가족들은 고맙게 생각한다.

그녀는 집안 대소사에 적극적으로 나서서 협력하는 마당발이다. 나이 많고 홀로된 시누이가 근처에 사는데, 친자매같이 가까이 지내며 매일 저녁 TV 드라마가 끝나면 빠짐없이 전화해서 드라마 이야기도 하고 이런저런 대화를 나눈다. 대구에서 농장을 운영하는 시동생이 각종 과일과 농작물을 보내오면 세상에 우리 형제 같은 집안은 없을 거라고 반기는 한편으로 반드시 그 보답을 한다.

이제 그녀 정체를 밝히자. 그녀의 첫인상은 까칠해 보인다. 그러나 상대해 보면 정반대로 예의 바르고 다정다감한 성격이어서 금방 친해지게 된다. 그녀는 바로 지금의 내 아내 유연순이다. 마누라 자랑하는 사람은 팔불출이라지만 나는 오늘 기꺼이 팔불출이 되고자 한다.

잃어버린 고향

겨울철 이불 속같이 따스한 말이 고향이다. 그곳에 가면 환한 웃음으로 맞아줄 친구가 있고 부모 형제의 따뜻한 손길이 기다릴 것 같은 느낌이 드는 말이다. 고향의 산천은 그 어떤 이름난 명승지보다도 더 아름다운 곳이라는 말이 있다. 그만큼 우리 마음속 깊이 고향 산천이 자리 잡고 있다는 말일 것이다.

내가 살던 약목 못안 이란 동네는 마을 앞에 커다란 연못이 있어 동네 이름으로 변했다. 연못 둑에는 수양버들이 하늘거리고 연못 안에는 연잎이 가득하고 때가 되면 연꽃이 만발한다. 여름에 비가 오면 연못에 사는 미꾸라지들이 새 물 냄새를 쫓아 오다가 물이 들어오는 작은 폭포 장애물을 만나면 그곳에 집단을 이루고 우글거린다. 이때 소쿠리로 미꾸라지를 한 바구니씩 잡던 기억이 새롭다.

여름에 연못 둑 수양버들 아래 돗자리를 깔고 누우면 그곳이 바로 무릉도원이었다. 풍덩, 물속에 뛰어들어 헤엄을 치고 예쁘게 핀 연꽃 하나 꺾어 놀면 그러면 안 된다고 나무라는 어른들 때문에 실망하기도 했다. 그 정겹던 연못은 지금은 없어지고 기다란 공장 같은 건물이 보인다.

오랜만에 옛날 그대로 기다려 줄 것 같은 생각에 고향을 찾았다. 어느 골목에 누구 집이 어떻게 생겼고 내가 살던 집은 어디쯤 어떻게 변해 있을까 생각하며 찾았다. 그런데 아무리 돌아봐도 내가 찾는 골목과 동네는 없다. 분명 여기쯤 붉은 벽돌 이층집 면사무소 건물이 있었는데 하얀 빌딩으로 바뀌어 있다. 저기쯤 경찰지서 건물은 일본식 기와집에서 현대식 벽돌 건물로 바뀌었다.

초등학교 올라가는 신작로는 그대로 뻗어 있다. 신작로는 우리 동네 뒤 초등학교로 연결되어 있다. 어릴 때는 여름밤에 이곳에 자리 깔고 모깃불을 피워놓고 잠을 자기도 했다. 동네 어른들이 모여 세상살이 이야기하는 것을 들으며 어린 우리는 세상살이를 배웠다. 어쩌다가 입담 좋은 어른이 옛날이야기라도 해주는 날은 숨을 죽이고 듣던 기억을 해 본다.

신작로에서 동네를 둘러본다. 모두가 변했다. 저만큼 있는 집안 동생 집을 발견하고 반갑게 찾아가 본다. 대문이 잠겨있다. 틈새로 들여다본 집안은 어수선하게 잡풀이 무성하다. 그제야 아차, 그렇지 동생은 세상 떠난 지 오래되고 자식들은 저 살길 찾아 모두 떠났다. 혼자 외롭게 지내던 제수는 치매로 요양원에 입원했다는 사실을 깨닫고 발길을 돌렸다. 또 다른 동생 집을 찾아가 불러보았으나 역시 아무도 없다.

이곳저곳을 기웃거려보지만 낯익은 골목길과 친근하던 초가집들은 온데간데없고 새로 생긴 도로에 번듯한 빌라들이 지어져 있다. 혹여 아는 사람이라도 만날 수 있을까, 하고 기웃거려보지만, 많이 흐른 세월 탓에 그들도 나도 얼굴을 알 수 없으니 어림없는 일이다.

부슬비는 내리고 차로 동네 길을 따라 한 바퀴 돌아보았으나 내가 생각했던 고향 풍경은 아니다. 그렇게 그리워하고 소중했던 내 고향은 이제 없어졌다. 그리웠던 친구들도 고향 땅에 남아 있는 사람은 아무도 없다. 모두를 잃어버린 지금 이 허망한 마음을 달랠 길 없다. 고령인 내가 살아생전 다시 찾을 일 없을 것 같은 생각에 가슴이 뭉클해진다. 차창 밖을 다시 뒤돌아본다.

부모님 산소도 화장 처리했다. 조그마한 마을에서 산등선을 넘으면 바로 산소인데 멧돼지가 내려와서 봉분까지 망가트리고 주변을 황폐화한다. 나는 멀리 있다는 핑계로 등한시하고 대구에 사는 동생이 지극정성으로 돌보며 철조망을 쳐 놓아도 소용없다. 하는 수 없이 가족들과 협의하여 화장하고 보니 의지할 곳, 갈 곳 없는 나그네 신세다. 이전 같으면 이곳에 오면 먼저 찾아보는 곳이 산소였는데 이마저 없어지니 영락없는 실향민

신세다.

고향이 그리운 것은 조상들 산소가 있고, 친인척 친구가 있어야 하는데 모두 그곳에 없다. 마음속에 깊이 간직한 애틋한 고향 향기를 가슴에만 묻어두고 떠나려니 다시 못 올 것만 같은 이 땅이 자꾸 나를 잡는다

차에서 내려 천천히 걸어본다. 옛날 기억을 더듬으며 찾아간 것이 아버지가 마지막 사시던 집이다, 그때의 정겹던 초가지붕이 파란 강판 지붕으로 바뀌어 새로운 집이 나를 맞이한다. 누가 살고 있는지 조용하기만 하다.

멀리 높은 곳에 고층아파트가 눈에 들어온다. 그 자리는 해방전 일본신사가 있던 자리다. 해방되던 해 나는 아홉 살 국민학교 일학년이었다. 그때는 학교에서 우리 말을 못하게 되어있어 적발되면 빨간 딱지를 받게 되고 벌칙으로 화장실 청소를 해야 했다. 이곳 학교에서 저 먼 신사까지 매주 한 번은 참배하러 가야 했다.

그때 더운 여름날 학교에서 신사까지 가는데 그렇게도 짜증나고 싫었던 기억이 생각난다. 높은 계단을 올라가면 넓은 마당에 조그마한 일본식 신사 건물 안에 위패가 안치되어 있다. 우리는 그 위패가 무엇인지도 모르고 귀신이 나오는 줄 알고 겁을 먹었다. 매번 '기미가요'를 부르고 합장을 하던 곳을 해방되고 얼마 후 우연히 그곳을 찾아가 봤더니 신사 건물은 부서져 난장판이 되어있었다.

경부선 약목역은 여전히 그 자리를 지키고 있다. 우리 발이 되어준 고마운 역이다. 대구까지 통학할 수 있고 한 생활권으로 묶어주던 유익한 교통수단이다. 그때는 경부선 철도가 단선이라 상 하행선이 교차하기 위해 한 열차는 역에서 대기해야 했다. 6.25 전쟁 때는 전선으로 가던 미군 열차가 정차하면 장사꾼 소년들과 간식거리 얻어먹으려고 '헤이 초콜릿 기브미−' 손 흔들며 열차 주변을 맴돌던 아픈 기억도 해본다.

내가 그리던 약목, 못안 이란 고향은 이제 내게는 아무 의미가 없어졌다. 친인척들은 도시로 뿔뿔이 흩어지고 나도 안양에 뿌리내린 지도 벌써 50여 년 이곳에서 얽히고설킨 인연으로 옴짝달싹 못 하게 손발이 묶이니 이곳이 제2의 고향이라고 생각할 수밖에 없다. 이제는 다시 못 올 것만 같은 약목이건만 그래도 고향은 마음 깊이 자리한 영원한 종교인가 보다.

2부 0시의 기도

아름다운 인연

그녀가 나타나면 지하철역은 비상이 걸린다. 전동휠체어에 몸을 의지한 그녀는 언어 장애까지 겹쳐 겨우 의사소통이 가능하다. 일산에 사는 그는 삼십 초반의 여성 장애인이다. 아주 예쁘게 생긴 외모에 상당한 교양도 갖춘 그는 이곳까지 무엇 때문에 나들이를 하는지는 정확히 알 수 없으나 같은 장애인 시설에 가끔 들르는 것 같다.

전동차에서 내려 리프트를 타기 위해 역무원을 부르고 대합실에 올라와서는 반드시 찾는 사람이 있다. 윤씨 엄마다. 의사소통이 어려운 그로부터 겨우 윤씨 엄마라는 말을 알아들은 역무원은 윤씨를 찾아 법석을 떨고 있다. 온 역사를 뒤지거나 때로는 구내 방송으로 겨우 찾아서 데려온다. 윤씨는 청소 용역반에서 일한다.

두 사람은 오랜만에 만나는 모녀간이라도 된 듯 반갑다고 부둥켜안고 등을 도닥거린다. 그리고는 눈짓 하나로 의사소통이 이루어진다. 장애인 화장실로 가서 그녀를 도와 볼일을 보게 한다.

그녀는 스스로는 화장실도 이용할 수 없는 중증 장애인이다. 그러한 그도 여자로서 자기의 심부深部를 아무에게나 보이는 것은 수치스럽고 자존심이 허락지 않을 것이다. 그래서 이 역에 오면 반드시 윤씨 엄마를 찾는다. 다른 아줌마들이 도와주려 해도 절대 사절이다.

그들 두 사람은 이 년여 전 처음 만났다. 몹시 더운 여름날이다. 윤씨는 그날도 여느 때와 마찬가지로 넓은 역 구내를 한 바퀴 돌아 화장실로 향하고 있었다. 장애인 화장실 앞에서 전동휠체어를 탄 여자가 초조하게 두리번거리고 있는 것을 발견했다. 직감적으로 느낌이 와서 다가갔다.

"내가 무엇을 도와줄까요?"

그는 반가워하며 화장실을 가리키며 무어라고 의사표시를 하는데 도대체 알아들을 수 없었다. 그러나 감을 잡고 변기에 그를 앉혀 볼일을 보게끔 했다. 그리고는 기다렸다가 다시 옷을 반듯하게 입히고 전동휠체어에 앉혔다. 엘리베이터로 향하면서도 고맙다는 표정으로 몇 번이고 고개를 끄덕여 인사를 한다.

이렇게 맺어진 인연이 이 년여가 지났다. 그녀는 때로 따뜻한 우유를 식지 않게 품속에 간직하고 와서 윤씨에게 마시라고 권한다. 또 지나는 길에 특별한 볼일이 없어도 반드시 찾아 인사를 하고 간다. 그러나 그들은 서로에 대해 아는 것이 별로 없다. 또 특별히 알아야 할 필요도 없다 만나면 안쓰럽고 측은하여 손발이 되어 불편함을 해소해 주고 싶은 것이 윤씨의 전부다.

다만 그녀의 집이 일산이라는 것과 아버지가 세무사라는 것은 그의 어눌한 발음에서 알아들을 수가 있었다. 또 이곳에 무엇 때문에 오는 것인지도 알지 못한다. 구태여 알아야 할 이유도 없다. 그저 만나면 모녀같이 반갑고 서로가 애틋한 정을 나눌 뿐이다.

그녀는 중증 장애인이다. 그러나 지적으로는 누구 못지않은 비장애인이다. 부유한 가정에서 자라 정상적인 교육도 받은 것 같은 깔끔한 아가씨다. 그들 두 사람은 오랫동안 만나면서 어느 정도 의사소통이 가능해졌다. 그녀의 성이 박씨라는 것도 알고 어눌한 말속에서 무엇을 의미하는지도 윤씨는 알아차린다. 이제 막 옹알이하는 아기의 표정만 보아도 엄마가 알아차리듯이. 그뿐 아니라 그녀는 자신의 장래 비전도 말한다. 좋아하는 사람이 있단다. 그와 결혼을 하고 아기도 갖고 싶다고 한다. 어찌하랴. 성숙한 여자의 욕망인걸, 여자라면 누구나 한 번쯤은 가질 수 있는 욕심이다. 그러나 여자가 한 가정을 꾸려 가려면 얼마나 큰 희생과 노력이 필요한지를 모르는 철부지 같은 생각에 놀란다.

얼마나 사랑이 그리웠으면 저런 생각을 가졌을까? 반 필드는 '사랑은 악마이며, 불이며, 천국이며, 지옥이다. 쾌락과 고통,

슬픔과 후회가 거기 함께 살고 있다.'고 했다.

그렇다. 사랑은 눈을 감고 구름 위를 떠다니는 어린아이와 같다. 어려움을 극복하고 부디 그의 소원이 이루어져 행복한 삶을 살았으면 하고 기원해 본다.

자유롭게 육신을 움직이고 활동할 수 있다는 것도 큰 행운이다. 또 남을 도울 수 있다는 것도 축복이다. 지하철역에서 청소일을 하고 있지만 윤씨는 항상 자부심에 차 있다. 평소 시간 나는 대로 열심히 봉사 활동도 해보았으나 성에 차지 않고 무언가 보람 있는 일은 없을까 하고 찾던 중 아는 사람의 소개로 이곳에 취직하고 봉사하는 정신을 발휘하니 주변으로부터 두터운 신뢰를 얻게 되어 힘 드는 줄 모르고 보람을 느낀다.

자신이 활동할 수 있는 공간이 있다는 것, 내가 열심히 움직여 스스로 생활비를 마련한다는 것도 자식들로부터 자존심을 살리는 일이다. 아울러 쾌적한 공간을 만들어 지하철 이용객들에게 봉사한다는 자부심으로 열심히 노력하고 있으며, 그 장애인 아가씨와도 좋은 관계를 계속 유지할 것이다.

밥 퍼

사당역 14번 출구 밖 인도는 노숙자들이 늘어서 만든 두 줄로 인하여 자주 막힌다. 자원봉사 학생들이 행인들의 불편을 덜어주기 위해 길을 트느라 애쓰고 있다. 빨간 점퍼를 입은 오진권 사장은 몰려드는 노숙자들 맞이하랴, 자원봉사자들 관리하랴 분주하게 움직인다.

오늘은 12월 24일, 크리스마스 이브다. 크리스마스 캐럴을 외국계 신학생들이 기타 반주에 맞춰 부르는 가운데 '밥 퍼' 행사 준비가 한창이다. 배식대 위에 식기들이 쌓이고 그 옆에는 내의 상자가 수북이 쌓였다. '크리스천 CEO 포럼'이라 새겨진 앞치마를 입은 자원봉사자 회원들이 배식대 두 곳에 십여 명씩 늘어서 준비하고 있다.

오전 10시경이 되자 노숙자들에게 배식이 시작된다. 김이 솔

솔 피어나는 떡국에 밥을 말아 푸짐해진 식판이 하나씩 배급된다. 귤과 내의 한 벌, 교회에서 나눠주는 책 한 권을 받아들고 주변 공간에 배치된 의자에 앉아 맛있게 먹는다.

뒤늦게 이들의 행색을 살펴보고 깜짝 놀랐다. 흔히들 노숙자라고 하면 땟국이 낀 옷차림에 세수도 제대로 못하고 곁에 가면 지독한 냄새가 나는 그런 사람들을 연상하게 된다. 그러나 이들 중 몇몇 사람을 제외하고는 행색이 별로 남루하지도 않고 여느 사람들과 크게 다를 바 없다. 이 자리만 벗어나면 누구도 이 사람들을 노숙자라 보지 않을 것이다.

이들은 천차만별의 사연을 안고 있을 것이다. 사고를 저지르고 도망 나온 사람, 게을러 자기 의무를 다하지 못해 쫓겨난 사람, 사업이 망해 피난 나온 사람 등등. 온갖 사연을 안은 저들의 심정이야 오죽하랴. 당사자가 아닌 우리는 상상도 못할 고통의 나날일 것이다.

지하도 으슥한 구석에 골판지 깔고 땟자국에 땀 냄새 풍기는 이불자락 뒤집어쓰면, 온갖 생각에 잠 못 이루고 눈물짓는 사람들이 많을 것이다. 저들이 하루빨리 정상적인 직업을 찾아 가족 품으로 돌아갈 수 있다면 얼마나 좋을까 생각해 본다.

어제저녁 송년회 자리에서 오 사장이 내일 '밥 퍼' 행사는 연말이라 특수 이벤트를 열어 보겠다고 해서 나도 참여하겠다고 마음먹었다. 사실 그가 매일 아침 10시 경이면 이 자리에서 '밥 퍼' 행사를 몇 년째 하는 동안 꼭 한번 참여해보고 싶었다. 그러나 마음뿐 실행에 옮기지 못했다.

　오늘은 마음먹고 일찍 집을 나섰다. 그러나 아직도 시간이 많이 남았는데 내가 할 일은 벌써 남에게 선점당했다. 자원봉사자들이 넘쳐난다. '크리스천 CEO 포럼' 사람들이 내가 할 수 있는 자리를 모두 차지했기 때문이다.

　행사가 끝날 때까지 이곳저곳 기웃거리며 많은 생각을 해 본다. 나눔의 행사는 돈이 많다고 하는 것이 아니다. 베풀고자 하는 구도자의 심성이 아니면 할 수 없는 일이다. 또 어느 연구발표에 의하면 나눔의 행복은 '복측피개 영역(VTS) 활성화' 즉 남을 돕는 것이 연인과 사랑을 나누는 것 못지않은 즐거움을 주기에 계속 반복하게 된다고 했다. 과연 그런 것인가?

　오 사장은 군에서 오랜 세월 동고동락한 후배다. 그의 성격은 솔직하면서도 붙임성이 있어 누구에게나 좋은 인상을 주는 멋쟁이다. 그는 자라면서 집안이 가난하여 온갖 고생을 다 했다. 구두닦이, 아이스케이크 장사 등 궂은일은 안 해 본 것이 없다고 스스로 말해왔다.

　그가 군에서 전역한 후 요식업 계통에서 흥망성쇠를 거듭했다. 지금은 '(주)이야기 있는 외식공간' 사장으로 서울 시내 요로에 대형 외식매장을 십여 개나 운영하는 기업가다. 한편 성공한 CEO로 방송에 출연하고 대학이나 기업 강의 등 다양한 활동도 한다. 오늘 '밥 퍼' 행사를 비롯하여 성 나자로원 후원, 가난한 학생들을 위한 공부방 운영 등 여러 가지 나눔의 행사는 그를 존경스럽게 한다.

또 그가 운영하는 업체에서 결제되는 금액 일부는 '맛있는 기부'에 전달되어 빈곤 아동, 독거노인, 장애인문학지 등을 지원하는 데 쓰이고 있다.

'밥 퍼' 행사가 끝나고 참가자들도 그가 운영하는 해물 뷔페 마리스코에서 노숙자들이 먹던 것과 똑같은 떡국을 먹었다. 시장하기도 했지만 꿀맛이다. 이렇게 맛있는 떡국은 어디에서도 먹어보지 못했다.

지하도에서 추위에 잠 못 이루고 고향 생각 가족 생각에 뒤척이다 따뜻한 떡국 한 그릇, 내의 한 벌이 얼마나 고마웠을까, 내의 400벌이 소진되었으니 400명이 떡국을 먹었다는 셈이다.

나는 그동안 누구에게 얼마만큼 도움을 주어 보았는가? 아무리 생각해도 딱히 이렇게 했노라고 내세울 만한 나눔의 기억이 별로 없다. 그리고 내 형편이 여유롭지 못해 누구를 표나게 도와줄 수가 없었노라고 변명해 본다. 이 또한 얼마나 구차한 변명인가. 남을 돕는 일에 많고 적음이 무어 그리 중요한가? 형편에 맞게 마음을 담아주면 되는 것을.

귀갓길 안양역 에스컬레이터를 타고 내려오는데 승려 한 분이 꿇어앉아 목탁을 두드리며 연신 허리 굽혀 적선을 청한다. 적선함에 천 원짜리 세 장을 넣었다. 저쪽 광장 가운데에는 구세군 자선냄비를 걸어놓고 남녀 두 사람이 종을 흔들고 있다. 나는 그곳으로 가서 또 삼천 원을 자선냄비에 넣었다. 쩨쩨하게 천 원짜리가 뭐냐고 자선냄비와 적선함이 비웃는 것 같다. 그러나 이렇게라도 해야 오늘 '밥 퍼' 행사에 다녀온 보람이 있을 것 같다. 비록 천 원짜리 몇 장이나마 불우한 이웃을 위해 쓰일 것으로 생각하며 위안으로 삼아본다. 돌아오는 발걸음이 한결 가벼워진다.

0시의 기도

코로나19가 세상살이를 많이 바꿔놓았다. 아침 일찍 운동을 갔다 오면 온종일 집안에서 신문이나 뒤적거리며 지루한 하루하루를 보내는 것이 일상이다.

오늘은 아침 일찍 평소 가까이 지내는 지인이 전화로 자기 부인의 부음을 알린다. 너무 놀라 부랴부랴 준비해서 집을 나와 버스를 탔다. 카드를 찍고 안으로 들어가려 할 때다. 버스 기사 바로 뒷좌석에 앉은 젊은 부인이 뭐라고 이야기를 하는데 내가 못 알아들으니까 손가방 안에서 마스크 한 장을 꺼내 쓰라고 준다. 급히 나오느라 마스크도 없이 그냥 나온 것이다. 장례식 장이고 뭐고 버스에서 하차당할 뻔했다. 얼마나 고마운지 고맙다는 말을 몇 번이나 했다.

장례식장도 한산하다. 가까운 친척 아니면 조의금도 온라인으로 보내는 것이 보편화되었다. 그뿐 아니라 부고 메시지에 계좌번호를 넣는 것이 관례처럼 되었다. 간단하게 조의를 표하고 식사 시간이 아니란 핑계로 음료수 한잔 마시고 집으로 돌아왔다.

내가 집에 도착하자 아내는 막내아들 내외를 만나러 간다며 집을 나선다. 다음 주 목요일이 아내 생일인데, 토요일인 오늘 미리 막내아들 내외를 만나 선물이라도 받을 모양이다.

나와 아내는 오래전에 각각 배우자와 사별한 후 재혼한 사이다. 나는 아들이 둘이고 아내는 아들만 셋이다. 딸이 있어야 노년이 행복한 금메달 인생이라는데 불행히도 우리 내외는 딸 하나 없는 목메달 신세다.

우리 내외와 가까운 곳에서 사는 막내아들 내외는 아내에게 가장 효도하고 있다. 그 며느리 성아가 올해 초 지옥과 천당을 오가는 큰 시련을 겪었다. 작년 말 모 대학병원에서 폐암 3기라는 청천벽력 같은 진단을 받은 바람에 온 집안이 공황 상태에 빠졌다. 여의도 모 카드사에 다니는 성아는 젊고 담배도 피우지 않는 사람이다. 믿기지 않는 진단에 국립암센터에 재검을 의뢰해 놓고 1월 9일에 나온다는 결과를 초조하게 기다리는 중이었다.

아내는 매일 아침 눈을 뜨면 성모상 앞에 꿇어앉아 기도로 일과를 시작한다. 막내며느리 성아의 좋은 검사 결과를 기원한다. 또 우리 집안 사람 한 사람 한 사람을 거명하며 무사태평을 빈다. 이런 아내의 기도 덕분에 우리 가정이 평온하다고 나는 생각한다.

12월 31일 12시, TV 속에서 제야의 종이 쾅, 울린다. 그 순간, 나는 나도 모르게 소파에서 벌떡 일어났다. 그리고 작은방으로 들어가 방안에 모셔 놓은 성모상 앞에 꿇어앉았다.

"성모님 우리 성아를 살려주세요."

나는 큰소리로 기도했다. 천성적으로 큰소리치는 것을 싫어하는 사람인데 이날은 나도 모르게 큰소리를 냈고, 눈에서는 뜨거운 눈물이 한없이 흘러내렸다.

이때 안방에서 잠자던 아내가 무슨 기척을 느꼈는지 방문을 열고 나온다. 나는 재빨리 눈물을 닦으며 일어나

"여보. 나 성모님께 성아 살려 달라고 기도했어."

라고 말하니 아내는 깜짝 놀라며

"여보. 고마워. 잘했어. 당신 기도를 들은 하나님이 우리 성아 병 낫게 해주실 거예요."

하며 나를 얼싸안고 기뻐한다.

성아의 재검 결과가 좋게 나오기를 매일 기도하고, 하루하루 피를 말리며 기다리던 1월 9일이 왔다. 아침부터 아내는 안절부절못한다. 재검 결과 소식을 기다리다 지쳤는지 막내아들에게 전화하겠단다.

"결과가 나왔으면 전화 오겠지. 그 애들이 더 애가 탈 거야. 조금만 더 기다려 보자."

나는 아내를 막았다. 마침내 기다리던 전화가 왔다.

"뭐?"

아내가 외마디를 외친다. 깜짝 놀란 나는 아내의 얼굴을 살핀다. 긴장으로 굳어있던 아내의 얼굴에 차츰 미소가 감돈다.

"대체 어찌 된 거요?"

내가 다그치자 아내는

"여보 우리 성아가 당신 기도 덕분에 살았어. 오진이래요. 폐에 혹이 하나 있긴 한데 두고 보자고 한대요."

라고 말한다.

아. 요 며칠 사이 지옥과 천당을 오간 기분이다. 오진한 의료진을 원망한들 무엇하겠는가. 괜찮다니 그것만 고맙고 또 고마울 뿐이다. 옛말에 지성이면 감천이라 했는데 성모님이 내 기도를 들어 주신 건가? 내가 기도할 때 나도 모르게 튀어나온 큰소리, 흘러내린 눈물, 후련한 가슴, 야릇한 성취감…. 모두 예시인가?

나는 성당을 나가는 천주교 신자가 아니다. 어떤 종교에 심취해본 적도 없다. 다만 각종 종교의 집합체인 군에서 주임원사로 오래 근무하는 동안 지휘관을 모시고 교회, 성당, 법당 등 각 종교행사에 수없이 참석해 보았다. 그래서 찬송가도 몇 개는 따라 부를 수 있을 정도다. 그리고 지금의 아내를 만난 이후, 아침마다 아내가 성모상 앞에 꿇어앉아 기도하는 모습을 보면서 내 내면세계에는 어느덧 종교심이 자리 잡았고, 그래서 나는 반

종교인이 되었는지도 모르겠다.

나는 절에 가면 불자요, 교회에 가면 개신교 신자다. 특정한 종교가 없는 나는 때로는 참 편리하다는 생각을 한다. 그래서 모든 종교는 내 마음속에서 평등하다. 종교란 마음의 안식처라고 나는 생각한다.

사람들은 특정 종교를 가지고 있지 않아도 마음속에 한 가지 신앙은 가지고 있다. 그래서 우리 어머님들은 어떤 위기에 처했을 때 정화수를 떠서 장독대 위에 올려놓고 두 손 모아 빌지 않았나 생각한다. 사람은 힘들고 어려운 일에 몰리면 종교에 귀의하게 되고 간절하게 기도하면 들어주실 것이라 믿기도 하지 않는가.

성아를 위한 기도는 나를 위한 구원이었다. 기도를 통해 마음에 위로를 받는 일이 얼마나 중요한 지 새삼 느꼈다.

월 1만원을 보내는 뜻은

옥스팜코리아에서 감사 카드와 조그마한 선물 하나를 보내왔다. 카드에는 '1년 전 후원자님의 용기 있는 선택으로 시작된 후원은 전 세계 90개국의 가난한 사람들이 다시 살아갈 수 있는 원동력이 되었습니다.'라는 글이 적혀있다.

나는 매달 일 만원을 옥스팜코리아에 후원한다. 이 작은 후원이 열악한 환경에서 고생하는 사람들에게 얼마만큼 도움을 주고 있는지는 잘 모르겠으나 도움이 되었다니 다행이고 내가 더 고맙다는 생각을 한다.

1년 전, 아프리카 난민들이 먼 길을 걸어가서 웅덩이의 구정물을 물통에 퍼담아가는 장면을 TV에서 보고 충격을 받았다. 그들은 그 구정물을 식용수로 사용한단다. 그러고도 그들이 살아 움직인다는 것이 기적 같아 보인다.

옥스팜코리아는 세계 여러 지역의 빈곤 퇴치를 위해 활동하는 국제구호개발기구다. 물이 부족한 아프리카 지역에서는 심정深井을 개발해 주민들에게 맑은 물을 제공하고 재난 재해로 삶의 터전을 잃은 사람들에게는 피난처를 제공하며 교육을 제대로 못 받는 아이들에게는 배움터(학교)를 제공한다. 이런 사업에 필요한 후원금이 한 계좌 일 만원이란 말에 나도 선뜻 회원가입 신청을 했다. 그것이 벌써 일 년이 되었나 보다. 후원은 많이 할수록 본인도 기쁘고 후원받는 쪽에도 큰 도움이 될 것이다. 그러나 십시일반으로 많은 사람이 참여하는 것이 더 바람직하다고 생각한다. TV에서 물을 찾아 헤매는 아프리카 사람들을 보면서 옛날 6.25 전쟁 때 겪은 피난 생활이 불현듯 떠올랐다. 그때 나는 열네 살 국민학교 6학년생이었다. 우리 동네 앞 국도에는 서울서부터 내려오는 피난민들의 행렬이 밤낮없이 이어졌다. 그들을 보며 우리 가족은 언제 피난을 가나 하고 불안에 떨고 있을 즈음, 급기야 멀리서 총소리가 들리고 비행기가 자주 출몰하더니 피란 명령이 떨어졌다.

우리 가족은 곧바로 간단한 옷가지와 이부자리를 챙겨서 머리에 이고 등에 지고 피난길에 나섰다. 우리 가족을 비롯한 피난민들이 낙동강변 과수원 길을 따라가다가 수심이 낮은 곳을 찾아 강을 건너려 하는 참에 갑자기 제트기 편대가 나타나 기총소사를 한다. 피난민들은 혼비백산 개골창으로 논두렁 밑으로 숨었다.

한바탕 소동을 겪은 다음에 정신을 차리고 보니 결혼한 지 얼마 안 된 누나가 없어졌다고 어른들이 웅성거렸다. 우리 집과 사돈네 집이 같이 피난 중이었는데 또 다른 난리가 난 것이다. 어른들이 피난민 대열을 헤집고 다닌 끝에 겨우 누나를 찾았다.

다시 피난길을 이어간 우리 일행은 낙동강 철교나 그 옆의 인도교를 건너 남하하려 했으나 이미 철교와 인도교는 폭파된 상태였다. 다시 강줄기를 따라 내려간 우리 일행이 성주에서 왜관으로 넘어가는 나룻가에 도달해보니 수천 명의 피난민이 그곳에 모여 있었다. 그곳은 물이 얕아 걸어서 강을 건너기에 알맞은 곳이었다. 막상 피난민들이 강을 건너려고 하자 건너편 유엔군 쪽에서 총을 쏘며 못 건너게 막았다. 피난민 대열에 인민군이 섞여 있다고 생각하는 것 같았다.

그곳에서 며칠을 버티며 도하渡河를 시도하던 피난민들은 밀가루를 백사장 위에 뿌려서 '갈 곳 없는 피난민이오. 강을 건너게 해주시오'라는 글을 써놓았다. 유엔군을 향한 호소문이었다. 그렇게 며칠을 호소하던 어느 날, 그동안 수없이 피난민 쪽을 정찰 비행하던 유엔군이 피난민들에게 강을 건너도 좋다는 허락을 해주었다.

간신히 강을 건너 유엔군의 검문 검색을 마친 우리 일행은 왜관역에서 기차를 타고 내려가다 대구역에 내렸다. 그리고 당국의 안내를 받아 금호강변 어떤 마을로 가서 짐을 풀었다. 우리뿐만 아니라 수많은 피난민이 갑자기 이 작은 마을에 몰려들자 노숙하기조차 어려운 것은 물론이고 식수가 없어 생활하기가 어려웠다.

바로 앞에 금호강이 흐르니 그 물을 허드렛물로는 사용할 수 있으나, 마시고 밥을 지을 수 있는 식수는 구할 수 없었다. 궁여지책으로 처음에는 강바닥에 샘을 파서 그곳에 고인 물을 식수로 사용했다. 그런데 많은 사람이 그 샘물을 사용하고 난 다음에는 분별없이 그 주변에다 마구 버리니 그 물이 다시 모래 속으로 숨어 샘으로 다시 유입되는 현상이 반복되었다. 샘물은 금방 썩어서 역한 냄새를 풍기니 더 이상 식수로 사용할 수 없었다. 그때 나는 목이 말라 그 샘물을 마셨다가 그 고약하게 역한 냄새에 얼마나 놀랐는지 지금도 잊을 수가 없다.

피난민들은 강바닥 여기저기에 샘 파기를 반복하다 지친 나머지 나중에는 흐르는 강물이 차라리 낫다고 여기고 당시 당국이 배급해준 소독약을 넣어서 먹었다. 그러고도 우리가 죽지 않고 살았다는 것은 그만큼 면역력이 강했다는 방증일 것이다.

TV 화면에 나오는 아프리카 지역 난민들의 모습이 내가 피난 시절 겪었던 식수난과 겹쳐지면서 가슴이 아팠다. 물이 곧 생명수라는 것을 다시 한번 되새긴다. 옥스팜코리아가 아프리카 땅에서 개발한 수도에서 콸콸 쏟아지는 맑은 물을 보며 환호하는 아이들의 모습이 내 자신인 양 시원한 느낌을 받는다.

세계 각국에 자선단체들이 많겠지만 내가 회원으로 가입한 옥스팜코리아도 세계 90개국에 후원을 한다니 대단한 자부심을 느낀다. 분쟁지역에는 먹을 것을 제공하고, 교육을 받지 못하는 아이들에게 학교를 지어주고, 가뭄 지역에는 심정을 파 수돗물을 공급하는 등의 많은 후원 중에서도 맑은 물 공급이 가장 먼저이고 중요한 것 같다.

우리 일행은 금호강변 생활을 짧은 기간에 끝냈다. 당국의 지시로 다시 대구역으로 가서 기차를 타고 밀양역에서 내려 유천면이란 곳으로 갔는데, 그곳에서 수복될 때까지 피란 생활을 했다.

소리 없는 눈물

문예창작반 강의 시간이다. 오늘따라 왜 이렇게 눈물을 글썽일까. 참으려고 애를 쓰는데도 고장 난 수도꼭지처럼 그칠 줄 모른다. 결국 남몰래 안경 너머 눈 가장자리를 손수건으로 찍어내야 했다. 한쪽을 찍어내니 또 한쪽에서 눈물이 새어 나온다.

고개를 들 수 없어 눈에 티가 들어간 것처럼 위장을 한다. 얼른 안경을 벗고 눈을 비비고 다시 썼다. 설마 다른 사람들이 눈치를 채지는 않았겠지. 남자가 이렇게 눈물이 헤퍼서야, 자신을 나무라며 창밖으로 시선을 보낸다. 강의는 계속되고 있다.

산이 저문다 / 노을이 잠긴다 / 저녁 밥상에 아기가 없다
아기 앉던 방석에 한 쌍의 은수저 / 은수저 끝에 눈물이 고인다

한밤중에 바람이 분다 / 바람 속에서 아기가 웃는다
아기는 방 속을 들여다본다 / 들창을 열었다 다시 닫는다

먼 들길을 아기가 간다 / 맨발 벗은 아기가 울면서 간다
불러도 대답이 없다 / 그림자마저 아른거린다

가슴이 뭉클하다. 김광균의 시 「은수저」를 낭송하는 동안 나는 속으로 흐느끼고 있었다. 내게도 그런 아픈 사연이 있기 때문이다.

작년 6월 어느 날 큰아들을 저세상으로 보내야 했다. 활발하게 사업을 하던 40대 아들이 손도 쓸 수 없는 말기 암이라는 사형선고를 받고 말았다.

하늘이 무너진다. 저 하나 바라보고 사는 가족은 어떻게 하고 또 벌려 놓은 사업은 어떻게 해야 하나. 땅이 꺼지라고 한숨만 쉬다가 입원 4개월 만에 저세상으로 보내고 말았다.

아들은 치료를 받고 건강하게 다시 집으로 돌아올 줄 알고 손수 운전하여 입원하였다. 그런 아들이 타고 갔던 차는 병원 주차장에 놔둔 채 영구차를 타고 병원 문을 나설 줄은 차마 생각도 할 수 없었다. 억장이 무너지고 하늘이 무너진다.

어느 날 아들의 병상 머리에 성경책이 놓여 있는 것을 보았다. 이상한 생각이 들어 며느리에게 웬 성경책이냐고 물어보았다. 아들의 부탁을 받고 동네 교회 목사님을 모셔 왔는데 몇 사

람의 신도들과 같이 와서 기도하고 놓고 갔다고 한다. 평소 종교에 무관심했던 아들이 죽음 앞에서 지푸라기라도 잡으려는 심정으로 목사님을 찾았으리라 생각하니 더 가슴이 아프고 인간의 나약함이 새삼 느껴졌다.

사람이 위급하면 무언가에 구원을 받고 싶어 종교에 귀의하기 마련인가 보다. 그런 자식을 보면서 나는 젊은 날의 한 사건을 떠올렸다. 부산의 군수창에서 초임 하사로 근무할 때였다. 주말이나 연휴 때가 되면 특별한 계획도 없으면서 무조건 부대를 벗어나 보려는 생각으로 외출 외박을 신청하는 사병이 많았다. 12월 24일 연말, 연시 특별 외박 신고를 받기 위해 사병들을 연병장에 집합시키고 있는데 사병 한 명이 난로 가에 앉아서 느긋하게 성경책만 보고 있다. 신 병장이다.

"야, 신 병장 집합 안 햇."

하고 소리쳤으나 그는 못 들은 척 그대로 앉아있다. 화가 난 나는 성경책을 빼앗아 난로를 향해 내던졌다. 그런데 이게 어찌 된 일인가. 성경책은 정확하게 난로 뚜껑을 뒤집고 무연탄 불 속으로 들어가 버렸다. 당황한 나는 얼른 끄집어냈더니 다행히 타지는 않았다.

그날 저녁 나는 사과하는 의미로 신 병장을 데리고 평소 다니던 음식점을 찾아가다가 헌병의 검문을 받게 되었다. 공교롭게도 그곳은 최근 군인 출입금지구역이 되었다고 한다. 모르고 그랬으니 한번 잘 봐달라는 뜻으로 당시 돈 만환을 손에 쥐여

주며 헌병에게 사정을 하였으나 이건 또 무슨 날벼락인가. 뇌물 공여죄가 추가되어 내 생애 처음이자 마지막인 영창 신세를 지게 되었다.

나는 그곳에서 온갖 잡범들과 한방에서 5일간 생활하면서 많은 것을 보고 느꼈으며 평소에 상상도 못한 세상이 있다는 것을 알았고 그것은 분명 내 생애 큰 경험이 되었다. 순간의 혈기를 참지 못하여 이런 벌을 받는다고 생각하며 하나님께 수없이 용서를 빌며 구원을 요청했던 생각이 난다.

그 이후 나는 어떤 종교이든 편견을 가지지 않고 존중하게 되었다. 죽음을 앞에 둔 아들의 기독교 귀의를 마음속으로 축복해 주었다. 그리고 이승에서 못다 이룬 꿈을 하늘나라에서 이루기를 빌어주었다.

부모가 돌아가시면 산에다 묻고 자식이 죽으면 가슴에 묻는다더니 나도 가슴 속에 커다란 바위 하나를 안고 산다. 그것이 때로는 눈물이 되고 한숨도 된다. 수리산 인적 드문 골짜기를 찾아가 아들의 이름을 목이 메게 불러 본다. 그때마다 아들의 목소리는 메아리가 되어 내 귀청을 울린다. 식구들에게 애써 감추어 오던 감정을 산골짝에 토해내고 혼자 눈물짓던 것이 몇 번이던가.

이런 내 속마음을 알 리 없는 아내는

"당신 참 대단하오. 어떻게 자식 잃고, 돈 잃고도, 한마디의 말도 없어요? 이번에 난 당신을 다시 보았어요."

칭찬인지 무심하다고 나무라는 것인지 한마디 한다.

　퇴직금으로 아들과 함께 조그마한 사업을 시작해 몇 년 같이 일을 하다가 아들에게 위임하고 물러났다. 아들은 처음에는 분체도장공장을 세를 얻어 운영하다가 용인에 삼백여 평의 공장을 사서 새 기계도 들이고 사업수완을 보였다. 아들에 대한 걱정은 하지 않아도 되었다. 그러나 사업이란 들쭉날쭉 자금 압박받을 때가 많다. 그때마다 내가 직장을 다니면서 모은 돈으로 힘닿는 한 재정지원을 계속하였으며 아들은 그런대로 사업을 잘 키워 나가다가 이 지경에 이르니 모든 것이 허공으로 날아가 버렸다. 그래서 나는 친구들과 웃는 자리에선 '사업하는 자식 두지 마라. 나중엔 거지 된다.'는 우스갯소리를 한다.

　애석하지 않은 죽음 어디 있고 슬프지 않은 죽음이 어디 있으랴만, 어린 자식과 가족을 남기고 구만리 같은 인생 장도를 중도에 마감하는 젊은이의 죽음은 더더욱 애석한 일이다. 김광균의 「은수저」를 전에는 건성으로 읽었는데 오늘따라 가슴이 저미어 온다. 그래서 가슴속 저 깊은 곳에 숨겨졌던 눈물이 장맛비처럼 끝없이 흘러내린 것이다.

변소를 건너 화장실로

화장실은 나만의 휴식 공간이다. 아무에게도 방해받지 않고 편안히 볼일을 보는 특별한 휴식처다. 현대식 깨끗한 화장실이라 가능한 일이다. 옛날 재래식 변소에서는 휴식은커녕 빨리 볼일을 보고 도망치듯 빠져나와야 한다. 지독한 냄새와 불결한 환경은 더러움의 상징이었다.

얼마 전 한 신문 기사를 보고 나 혼자 고개를 끄덕였다. 신문 제목이 '오죽했으면… 왕王 서방 전용 열차 등장'이다. 그 내용은 2015년 7월 스위스 알프스의 유명 휴양지에 중국인 전용 특별열차가 들어섰다는 소식이다. 이는 중국인들을 우대해서가 아니라 정반대의 이유다. 알프스산맥의 리기산은 '산들의 여왕'이라 불린다. 산악 열차를 타고 정상에 올라가면 만년설이 쌓인 산맥과 푸른 호수가 펼쳐져 대자연 속에서 평화로운 시간을 보내려는 사람들에게 인기가 대단하다고 한다.

이곳을 찾는 관광객 중 중국인들이 절반을 차지한다. 그런데 이들은 산악 열차를 무법천지로 만든다. 통로를 막고 사진을 찍는다든가 옆 좌석에 발을 올리는가 하면 통로에 침을 뱉기도 한다. 심지어 화장실에서 양변기 좌석 위에 쪼그리고 앉아 볼일을 봐 더럽다는 민원이 폭주했다. 고심 끝에 중국인들과 아시아인들만의 특별열차를 만들어 자주 청소하고 변기 사용 요령을 그림으로 알려준다고 한다.

화장실은 가정이나 국가나 그 사람들의 문화 수준을 나타내는 척도라 할 수 있다. 중국의 국가 경제는 괄목할만한 발전을 이룩했지만, 다수 국민의 생활 수준은 천차만별이다. 그래서 보편화되지 않은 화장실 문화는 어디를 가나 말썽이다.

어느 중국경제에 관한 세미나에서 들은 이야기다. 북경이나 상하이 같은 대도시는 외관상 화려한 건물인데 화장실에 가보면 우리나라 칠팔십 년대 수준으로 더럽다고 한다. 우리나라에도 유커라 불리는 중국 관광객들과 취업 관계로 많은 동남아인의 출입이 잦다. 이들은 한국의 화장실이 최고라고 엄지손가락을 치켜들지만, 이들이 지나간 화장실은 실망스럽기 짝이 없다. 한국에 처음 오는 그들은 아직도 선진화된 화장실 문화에 익숙하지 못한 것 같다. 요즘 중국인들은 세계 각국으로 관광을 많이 한다. 그러면서 자연적으로 서구 문명을 접하게 되고 화장실 사용도 익숙해질 것으로 생각해본다.

일본 사람들이 한국에 와서 화장실에 휴지통이 있는 것을 보고 질색한단다. 화장지를 변기에 버리지 않고 왜 더럽게 따로 통을 비치하느냐는 것이다. 그것도 일본과 우리 문화의 차이다. 우리 공중화장실에서는 필요 이상 휴지를 사용하는 사람들이 있다. 내 것 아니라고 한 뭉치를 변기에 넣으니 어떻게 되겠는가? 그러니 휴지통을 비치할 수밖에 없다. 최근에는 휴지통을 철수하는 곳이 점점 많아지고 있지만, 내 것이란 주인 정신이 절실한 부분이다.

화장실이 현대화되기 전 뒷간, 정낭, 통싯간, 또는 변소라고 부르던 시절이 있었다. 냄새나고 더러운 뒷간은 본채와 멀리 떨어져 있다. 어린 시절 밤중에 조명도 없는 뒷간을 가려면 얼마나 무서웠던가. 달걀귀신이 나온다는 말에 겁을 먹고 어른들을 대동하고야 볼일을 보던 생각을 해본다. 또 얼마나 불결했던가, 생각하기도 싫은 기억들이다. 화장지는 신문지나 공책 쪼가리면 고급이고 짚이나 풀잎을 사용하는 일도 다반사였다.

우리나라 화장실이 수세식으로 변화되기 시작한 것은 1977년 음식점과 유흥업소의 허가조건으로 제시되면서부터다. 처음 좌변기로 시작해서 양변기로 변천 과정을 거치는 동안 시민단체들의 노력이 컸다.

요즘 잘 꾸며진 화장실을 사용하면서 가끔 옛날 생각을 한다. 1960년 겨울, 나는 화랑대 육군사관학교에 신병으로 전입을 갔다. 특별부대 내무반에 안내되어 대기 중이었다. 현대식 건물에 잘 꾸며진 공원 같은 환경에 압도되어 잔뜩 긴장하고 있을 때다.

사람이 긴장하면 화장실을 자주 간다. 변소에 다녀오겠다고 허락받고 복도 저편에 간판을 보고 찾아갔다. 변소 안에서 생각 지도 못한 환경에 깜짝 놀랐다. 바닥부터 벽체까지 하얀 타일로 치장한 깨끗한 환경에 방열기에서는 후끈 열기를 내뿜고 있다. 몇 명의 선임자들이 담배를 피우며 잡담하고 있다. 분명히 변소 간판을 보고 들어 왔는데 잘못 들어온 것 같다. 변소에서 사람 들이 휴게소처럼 놀고 있는 것을 본 일이 없기 때문이다. 뒤돌 아 나가려는데 그중에 한사람이 부른다. 그는 웃으며 변소 왔으 면 볼일을 보고 가라고 한다.

촌뜨기 신병이 현대식 변소에 놀라 뒤돌아 가려는 눈치를 알 아차렸다. 그 자신도 신병 때 경험했던 동병상련의 심정으로 나 에게 배려한 것이리라. 얼떨결에 소변을 보고 나니 큰 것이 생 각난다. 문을 열고 들어가니 양변기가 떡 버티고 앉아 있다. 한 참을 연구 끝에 뚜껑을 열고 걸터앉았다. 그러나 아무리 노력해 도 변이 나오지 않는다. 고심 끝에 좌변기 위에 군홧발로 올라 가서야 볼일을 볼 수 있었다. 지금도 가끔 그때 일을 떠 올리며 쓴웃음을 지어본다.

요즘 신세대 사람들이 들으면 황당하고 우스운 일일 것이다. 그러나 그때 사람들은 대다수 재래식 변소를 사용하였다. 양변 기는 구경도 못하고 극소수 사람들만 사용하는 희귀한 물건이었다.

내무반으로 돌아오니 반가운 손님들이 와서 기다린다. 고향 초등학교 친구들이다. 나는 구세주를 만난 듯이 반가웠다. 혈혈단신 망망대해에 내던져진 듯 암담한 심정으로 주위 눈치만 살피는 내게 그들은 분명 구세주였다. 너무나 의외의 장소에서 뜻하지 않은 친구들을 만나다니 너무 반가웠다.

나는 호적 관계로 친구들보다 몇 년 늦게 군에 갔다. 이 친구들은 정상적으로 군에 갔으니 벌써 상병과 병장이다. 신병인 나에게는 하늘같이 높은 사람이요 든든한 배경이다. 그중 한 사람이 부관부에 근무하는 관계로 신병들의 신상을 파악하다가 나를 발견하고 다른 친구를 데리고 찾아온 것이다.

이들은 나의 신병 생활에 도움을 주기 위해 많은 이야기를 해 주었다. 그리고 내가 가장 궁금한 변소 이야기를 했다. 그들과 나는 한참 웃었다. 이곳에 오는 신병들은 대다수 그런 경험을 겪는다고 한다. 물론 자신들도 그런 과정을 거쳤으며 신병들이 오면 가장 먼저 변소 사용법을 교육한단다. 그런데 우리는 웬일인지 그때까지 그런 교육이 없어 난감한 일을 당했다.

요즘 가정집 화장실에는 비데 설치가 대부분이다. 심지어 내가 근무했던 안양의 모 부대 병사들 화장실에도 비데가 설치된 것을 보고 내심 놀랐다. 군대 문화가 바뀌어도 많이 바뀌었다. 병사들 화장실에 비데까지는 생각도 못했다. 우리나라 화장실 문화는 세계 수준이라 할 수 있다.

그러나 공중화장실에서 낯 뜨거운 행위는 아직도 많다. 손을 씻은 뒤 화장지로 닦고는 그 화장지를 세면기 위나 바닥에 흩어 놓거나, 화장지를 한 뭉치 뜯어 쓰고 변기에 넣어 고장을 일으키는 행위는 차마 눈 뜨고 보기 민망한 일들이다.

집에 손님이 온다고 하면 가장 먼저 화장실 청소부터 하는 것이 상식이다. 그것은 손님을 존중한다는 의미와 주인의 깨끗한 이미지를 보여주는 하나의 사례라 할 수 있다. 요즘 회사 화장실이나 공중화장실의 문화는 점점 발전하고 있다. 화장실에 그림이 걸리고 음악이 흘러 마치 어떤 카페에 들어온 것 같은 착각을 할 정도로 잘 꾸며져 있다. '화장실은 당신의 얼굴입니다.'라는 어느 화장실에 붙어있는 표어가 생각난다.

자전거와 청문회

아침 운동을 위해 안양 병목안시민공원으로 가는 길이다. 버스정류장 기둥에 휠이 찌그러진 자전거 타이어 한쪽이 체인 자물쇠에 묶여 있는 것을 오늘도 보게 된다. 저 자전거 잔해의 기구한 사연은 현 정치사의 한 단면을 보는 것 같아 씁쓸하다.

아마 6개월은 훨씬 지났을 것이다. 그날도 아침 운동을 마치고 돌아오는 길이었다. 60대 후반의 남자가 버스정류장 기둥에 자전거를 체인 자물쇠로 채우는 것을 보았다. 잠시 어디 볼일을 보려나 생각했다.

그런데 몇 개월째 자전거는 그 자리에 묶여 있다. 저 자전거 주인은 잊은 것인가 아니면 무슨 변고라도 생긴 것인가 궁금해지기 시작했다. 비싼 자전거는 아니라도 쓸 만한 새것이다.

어느 날 아침 자전거 안장이 없어졌다. 그때는 다른 사람이

탈 수 없게 주인이 가져간 것이라고 대수롭지 않게 생각했다. 또 얼마간 세월이 흘렀다. 이번에는 뒷바퀴가 없어졌다. 아차! 이건 앞서 없어진 안장과 함께 어떤 사건이 벌어지고 있다고 직감했다.

누군가가 단단히 화가 난 것 같다. 작심하고 자전거를 망가뜨리고 있지 않은가. 무한정 자전거를 방치한 주인에게 징벌의 메시지를 날리고 있다고 생각했다. 이제 결말이 어떻게 될지 흥미진진하게 지켜볼 수밖에 없다.

그러던 어느 날 아침, 깜짝 놀랐다. 자전거 몸체가 없어졌다. 앞바퀴만 남아 체인에 묶여 나동그라져 있다. 자세히 보니 앞바퀴 휠도 꺾여 찌그러진 채 타이어가 반쯤 벗겨져 있다.

도대체 누가 무엇 때문에 저런 짓을 할까? 고물장수인가? 아니면 장난삼아 골탕 먹이려는 청소년들인가? 그것도 아니면 자전거 주인의 부도덕성에 화가 난 정의의 사도인가? 별생각을 다 해 보지만, 결론을 얻을 수 없다. 아무리 화가 나도 자전거 하나를 갈기갈기 찢어 없애는 현실이 놀라웠다.

저 자전거 주인의 거취가 궁금해진다. 처음 매어 둘 때 그 사람은 건강해 보였다. 그렇다면 그도 오기를 보인 것일까? 반감으로 어디 한번 두고 보자는 것인가? 이제 앞바퀴의 휠과 타이어가 분리된 채 기둥에 묶인지 수개월이 되었다.

나는 자전거가 망가지는 것을 보면서 국회 청문회를 생각했다. 처음 공직 후보로 지명될 때는 괜찮은 후보자라 생각했다.

그의 경력과 인품으로 봐서 무난한 인사라 생각하고 지켜보았다. 그런데 청문회도 시작되기 전에 언론에서부터 하나하나 과거 행적이 밝혀지기 시작한다.

단골 메뉴로 위장전입, 부당한 재산 축적, 군필 문제, 전관예우, 논문표절 등등 이루 헤아릴 수 없는 온갖 잡다한 생활상까지 낱낱이 파헤쳐진다. 당당해 보이던 후보자가 망가지기 시작한다. 평생을 조심스레 쌓아 올린 상아탑이 하나하나 무너져 내린다.

올가미를 해서 청문회란 기둥에 단단히 묶어 놓는다. 드디어 시퍼런 칼날을 들고 인간 해체 작업에 들어간다. 알몸을 수색하려 옷을 하나하나 벗긴다. 화려하던 겉옷을 하나씩 벗길 때마다 때 묻은 속옷이 드러난다. 당황한 후보자는 방어하려고 몸부림을 친다. 그 몸부림에 올가미는 점점 더 맨살을 파고든다. 칼을 든 검투사는 이곳저곳 허점만 보이면 찔러 댄다. 제아무리 항우장사라도 견디기 힘들다.

본인이야 그렇다 치고 가족까지 죽이고 있다. 아들딸 사돈의 팔촌까지 뒤지고 뒤엎으니 패가망신까지 간다.

그 시절에는 관행처럼 죄의식도 없이 행하던 일들이 많다. 그러나 지금은 어림없는 위법이다. 머리를 조아려 보지만 불호령만 떨어질 뿐이다. 드디어 만신창이가 되고 죽은 목숨이 되어 물러난다.

저 사람들이 위치를 바꿔 한판 겨루어 보면 어떨까. 어떤 것이 수까마귀고 암까마귀인지 가늠하기 힘들 것이다.

멀쩡한 자전거가 보관 위치를 잘못 잡아 해체되듯, 잘 나가던 인사가 설마 하고 내디딘 발판이 썩은 판자였다. 허공에 나동그라진 사람을 보고 다른 사람들도 지레 겁을 먹는다. 내가 그 자리에 한 번 서보겠다고 나설 용기 있는 사람이 별로 없다. 탐나는 자리가 비어있어도 손사래를 친다.

답답한 사람은 지명자일 것이다. 그렇게 주변에 사람이 없느냐고, 그렇게 인재를 못 찾느냐고, 국민은 질타하기 때문이다.

삼고초려를 해서라도 모셔 올 인재는 없는 것인가? 갈 길은 바쁜데 검은 쇠사슬에 발목이 묶여 나갈 수가 없다. 과거 행적에 지나친 엄격함보다 새로 주어진 업무에 적합성을 중시하는 풍토가 아쉽다. 자연인으로 보면 최고의 인재들이 수두룩하다. 그러나 청문회에 올려놓으면 하나같이 안개 속에서 가물거린다. 그러니 주변에서 재활용할 수밖에 없는 것인가 보다.

또 한편 그런 호된 청문회가 젊은이들에게 본보기가 될 것이라는 생각도 해 본다. 그래야 자신의 미래를 가늠하며 깨끗한 주변을 만들어 갈 것이기 때문이다. 그들이 이 나라를 이끌어 갈 때쯤에는 지금 같은 한심한 현상들을 보지 않게 말이다.

쓸만한 자전거가 주인을 잘못 만나, 보관 위치를 잘못 잡아 해체되어 없어지듯 사람도 자신을 뒤돌아보면서 앉을 자리 누울 자리를 잘 찾아야 패가망신을 당하지 않을 것으로 생각해본다.

3부 삼봉마을

젊은 날의 민주화 운동

이 글 내용은 오래전에 「1960년」이란 제목으로 『한국수필』에 발표한 바 있다. 그런데 다시 같은 내용을 재구성하는 것은 요즘 민주당 설훈 의원을 비롯한 정치권에서 민주화운동유공자 가족을 위한 예우법을 발의한 뉴스를 보았다. 한편 혜택을 받을 만큼 받았는데 지나치다며 김영환 전 의원 부부가 유공자증을 반납했다는 소식을 언론을 통해 보았기 때문이다.

친구 장건식과 나는 어떤 보상을 바라지도 명예를 탐하지도 않고 오직 불의에 항거하는 정의감에 사활을 걸었던 적이 있는데, 얼마 전 민주당 사무총장 윤호중 앞으로 서신 한편을 보냈다. 내가 1960년도 3.15 부정선거에 항거해 내 고향 경상북도 칠곡군 약목면에서 벽보와 전단을 뿌리며 부정선거에 투쟁한 내용을 경북도당이나 칠곡군당(당시 군당 위원장 정문수)에 기록이 남아 있는지 알아봐 주십사 하고 서신을 보냈으나 감감무소식이라 아쉬웠다. 정무에 바쁘신 분들이 사소한 내용을 챙겨줄 시간 여유가 없겠지 하고 마음을 접었다.

당시 이승만 정권은 3선을 위해 사사오입 개헌을 강행하고 갖가지 방법을 동원하여 매표행위를 하고 그것도 못 미더워 3인조, 5인조를 조직하여 상호감시 하에 투표를 강행토록 하였으니 민심은 폭발 직전에 이르렀다. 또 민주당 대통령 후보 조병옥 박사의 갑작스러운 서거로 이승만은 당선이 확정적이었다.

나와 친구 장건식은 매일 같이 모여 현 시국을 개탄하며 울분을 토했다. 이 시국에 우리가 할 수 있는 것이 무엇이 있을까? 머리를 맞대고 궁리했다. 민주당 경북도당을 찾아가 우리가 할 수 있는 것이 무엇이며 전단지 또는 벽보 등이 있으면 우리에게 주면 전단지를 뿌리고 벽보를 붙이겠다고 했다. 그러나 우리를 못 믿는 것인지 아무것도 도와줄 수 없다고 한다. 민주당 당직자들과 여러 가지 이야기를 해 보았으나 대통령 후보가 없는 그들은 전의를 상실한 패잔병이나 다름없었다.

친구와 나는 자력으로 맞서보기로 결론을 내었다. 두 사람이 전단지와 벽보를 직접 만들고, 3월 13일 약목의 5일장날을 이용하여 여론을 확산시켜 부정선거에 항거하기로 합의했다. 이곳 약목 5일장날은 3일과 8일에 열리며 인근 읍면에서 많은 사람이 모여들기 때문에 여론전파에 좋은 기회이기 때문이다.

전단지를 어떻게 만들 것인지를 고심하게 된다. 첫째 보안이 최우선이다. 노출되면 감옥행을 각오해야 한다. 당시 세상은 2.28 대구사건, 3.8 대전 사건 등으로 계엄 정국을 방불케 할 정도로 극도로 민감한 상태였다. 더구나 나와 같이 주도하는 친구 장건식은 온 집안이 연좌제에 묶여 감시대상인 사람이라 걸려들면 그와 나는 무슨 죄목을 뒤집어쓸지 모르는 위험천만한 일이었다. 그는 과묵하고 의협심이 강한 깨어있는 사람이며 내가 이런 일을 의논할 사람은 그 친구밖에 없고 그는 집안에 여자들만 있고 남자는 그 한 사람이 가장이라 많이 망설였다.

전단지 인쇄나 등사를 하려면 노출이 염려되어 두 사람은 붓으로 쓰기로 한다. 종이도 약목 시내에서 사면 많은 양이라 노출될 것 같아 대구에서 샀다. 며칠 밤을 새워가며 벽보 50여 장, 전단지 이천여 장을 붓으로 썼다. 당시 우리는 밤낮으로 친구들과 어울려 다녔기 때문에 그들의 의심을 사지 않기 위해 평소와 똑같이 행동하고 친구들과 헤어진 후 밤늦게 친구와 단둘이 조용히 내가 사용하는 누님댁 작은방에서 작업하려니 시간이 오래 걸렸다.

드디어 내일이 3월 13일 장날이다. 두 사람은 풀을 담은 깡통에 풀비를 꽂고 전단지와 벽보를 한아름 안고 통금 사이렌이 울고 난 뒤 각자 맡은 동네를 향해 떠난다. 도둑고양이처럼 동네 고샅길을 재빠르게 움직이는 우리는 반갑지 않은 휘영청 밝은 달빛과 짖어대는 개들이 한없이 원망스럽기만 했다.

집집마다 전단지 한 장을 던져 넣고 요소요소에 벽보를 붙이기를 거듭하는 동안 몇 시간이 지났는지 모른다. 내가 맡은 지역 마지막으로 우리 동네를 도는데 이미 통금 해제 시간이 지나고 새벽이 밝아온다. 학교 길 가 이발소 벽에 마지막 벽보를 붙였다. 이제 끝이다. 곧장 집으로 갔다. 잠겨있는 대문을 피해 담장을 가볍게 넘어 살금살금 방으로 들어가 누웠다.

깜빡 잠이 들었다. 밖에서 아버지의 걱정스러운 음성이 들려온다.

"약목 시내가 발칵 뒤집혔어. 의용소방대가 동원되어 전단지 줍고 벽보 떼고 난리야."

하며 큰 소리로 어머니와 나누는 이야기는 분명 나를 염두에 둔 말이었다. 새벽녘에 살금살금 기어들어 온 아들이 염려스러웠던 모양이다.

나는 벌떡 일어나 밖으로 나왔다. 해는 중천에 떠 있다. 이발소 앞으로 나갔다. 학생들과 선생님들이 등교하며 벽보를 읽는다.

"3.15 정 부통령 선거에 3인조 5인조를 거부하고 부정투표를 방지하자. 조병옥 박사에게 추모투표를, 부통령에 장면 박사를 보내자. 민주당."

한참을 지켜보던 나는 마침내 해냈다는 감동과 희열에 벅차 있었다. 의용소방대 수거반이 아직 여기까지 손이 미치지 않은 것이 얼마나 다행인가. 저 벽보마저 떼어버렸다면 그동안 고생

한 보람은 고사하고 실체를 확인할 수 없는 성과에 얼마나 실망했을까? 하는 생각을 하고 있는데 두 사람의 의용소방대원이 나타났다. 벽보를 떼어낸다. 아직 마르지 않은 벽보는 힘없이 떨어진다.

"여보세요 정당에서 붙인 선거 벽보를 왜 떼는거요?"

"우리가 떼고 싶어 떼겠어요? 우리도 새벽부터 동원되어 이런 일 하려니 죽을 맛이요."

하는 그의 손에는 전단지가 한주먹 쥐어있다. 히죽 웃는 그를 한 대 쥐어박고 싶다. 빌어먹을! 가슴속 뜨거운 열기를 억제하느라 혼자 끙끙대며 길가 돌멩이를 힘껏 걷어찼다.

벽보에 민주당 명을 사용한 것은 만약의 사태에 대비한 방패막이었다. 우리 같은 시골 청년 특히 친구 장건식은 어떤 죄명을 뒤집어쓸지 모르는 위험을 안고 있었기 때문이다. 벽보 사건 이후 계속 친구들을 만나며 주변의 여론을 살폈다. 약목에는 민주당이 살아있다고 좋은 반응을 보이고 입과 입을 통해 전파되는 것을 확인할 수 있었다.

내일이 선거일이다. 그날 밤도 친구들과 모여 막걸리를 마시고 집으로 돌아오는데 분명 내 뒤를 누군가 따라오는 것 같은 예감이 들었다. 확인해 봐야겠다고 생각하고 90도로 꺾인 우리 집 골목에서 갑자기 뒤돌아 나오니 경찰 제복을 입은 사람과 딱 마주쳤다. 나도 놀라고 그도 놀라 우뚝 마주 섰다.

잠시 마주 서서 바라보던 경찰이 먼저 입을 열었다. 유 순경이라고 자신을 소개한 그는 나에 대한 상당한 정보를 가지고 있었다. 내가 이 지서에서 의용경찰로 근무한 경력 등을 이야기한다. 또 이번 전단지 사건에 내가 관련되어 있다는 것부터 시작해 이번 선거는 조병옥 박사 서거로 이승만 대통령의 당선은 확정된 것인데 압도적 지지로 당선시켜 국정에 힘을 실어주는 것이 좋지 않겠느냐고 나를 설득한다. 나는 3인조 5인조 등 부정투표 문제와 부통령에 장면 박사가 당선되어야 한다고 응수하며 상당한 시간 이야기를 나눈 결과 친구 장건식이 포착되지 않았다는 것을 확신하고 안도의 한숨을 쉬었다.

나는 우리 동네와 시내를 맡아 전단지를 뿌리던 중 통금이 해제되면서 아는 사람들에 의해 내 얼굴이 노출된 것 같고, 친구는 멀리 외곽지역 낯선 곳에서 전단지를 뿌렸기에 노출이 안 된 것 같아 다행이라 생각했다.

드디어 그 유명한 3.15 부정선거는 끝났다. 전국은 소용돌이치고 있었다. 마산에 이어 전국적으로 시위가 끊이지 않았다. 마침내 4.19 대규모 시위에 이어 4월 26일에 이승만 대통령이 하야했다. 4월 28일에는 부통령에 당선한 이기붕 일가의 자살 사건이 발생하는 등 그야말로 세상이 뒤집히는 격동의 세월이 이어지고 있었다.

내 고향 약목에도 연일 집회가 열리고 당시 대학생이던 친구 장재윤을 만났다. 내가 벽보 전단지 사건의 주인공이란 것을 알고 있었다. 나는 처음으로 나 혼자가 아니고, 장건식과 같이 활동한 것을 이야기했다. 친구는 집회에 나와서 벽보 전단지 사건의 내용을 설명해달라고 한다. 나는 극구 사양했다. 대중 앞에서 연설할 능력도 배짱도 없었고, 그저 조용히 지나갔으면 하는 바람뿐이다.

민주당 칠곡군 당 위원장이 사람을 보내 그동안의 활동을 치하한다는 인사를 보내왔다. 그동안 알은체도 안 하던 사람들이 세상이 바뀌니 달라졌다.

나를 감시하던 유 순경이 찾아왔다. 둘은 시내 음식점에서 마주 앉았다. 그는 당시 학사 순경으로 촉망받는 사람이었다. 무릎을 꿇고 사죄한다.

"우 선생, 그동안 무례를 용서하세요. 제가 맡은 직책이라 어쩔 수 없었습니다."

하는 그의 얼굴은 사뭇 진지했다. 마치 내가 그의 생살여탈권이라도 가진 사람처럼 엄숙했다. 나는 얼른 일어나 그의 손을 잡고 일으키며

"유 순경님, 내가 처지가 바뀌었더라도 그럴 수밖에 없었다는 것 잘 압니다. 나를 잡아가지 않은 것만 해도 감사하게 생각합니다."

하며 웃었다. 세상이 바뀌니 어느덧 우리는 지역의 유명인사가 되어 있었다. 몰락한 자유당을 대신해 민주당의 위세가 하늘을 찌르고 있다. 우리는 신변 안전을 위해 민주 당명을 이용했지만, 당원은 아니다. 그런데도 사람들은 우리를 민주당원으로

오해하니 난감했다.

곧바로 7.29 국회의원선거가 실시되고 민주당에서 선거운동을 도와달라고 간청한다. 어쩔 수 없이 선거사무실에 몇 번 나가보았다. 그리고 그들이 원하는 대로 선거운동을 하는 척 흉내를 내 보기도 했다. 그러나 내가 할 일이 아니라는 것을 아는 데는 많은 시간이 필요치 않았다.

친구와 나는 어떤 보상이나 명예를 탐하지도 않았다. 오직 젊은 혈기로 불의에 항거하는 정의감 하나로 위험을 감수한 진정한 민주화 운동 1세대라 자부하고 싶다.

굿판은 언제 멈추나

요즘 박근혜 전 대통령과 최순실(최서원)이 연루된 국정농단 사건이란 큰 재판이 진행 중이다. 박 전 대통령의 13가지 죄목에 대한 판결이 과연 어떻게 나올지 초미의 관심사다. 그런데 세월이 흐르니 벌써 사면 이야기까지 나오니 시간이 약이라더니 맞는 말이다.

우리나라가 세계에서 가장 가난한 나라에 속했던 때를 기억한다. 박 전 대통령은 우리나라가 세계 10대 경제 대국으로 도약할 수 있도록 발판을 깔아준 박정희 대통령의 딸이다. 선거에서 과반이 넘는 득표로 우리나라 최초 여성 대통령이 되었다. 또 친인척의 청와대 출입까지 막은 데다 직계가족이 없어 사심 없이 국가를 위해 헌신할 것이란 국민의 기대를 모았다.

그러나 그의 정치는 국민의 기대에 못 미쳤다. 자신은 사적인 이득을 챙기지도 못하고 측근에게 이용만 당했다. 온갖 비리에 연루되어 탄핵까지 당하는 한심한 현실에 온 국민은 분노하고 배신감에 전율했다. 그래서 최초 부녀 대통령, 최초 여성 대통령, 최초 탄핵 대통령 등 세 가지 타이틀을 가지면서 명암이 엇갈리는 불행한 여인이 되었다.

2017년 2월 20일 매일 수십 만 명의 시위꾼들이 몰려드는 광화문광장을 찾았다. 오후 3시경이라 아직 본격적인 촛불집회는 열리지 않고 있다. 광장 한쪽에 경북 성주·김천 주민들과 원불교 측 인사 등 칠팔십 명이 사드 반대 집회를 하고 있다.

한쪽에 자리한 큼직한 세월호 분향소 천막이 눈길을 끈다. 내부는 휑하니 빈 천막이다. 반대편은 이석기 석방 서명운동과 무슨 진보정당 창당 서명운동 등으로 시끌벅적하다. 이곳에선 진보 단체들의 온갖 현수막과 섬뜩한 구호들이 난무한다. 마치 어떤 적성 국가에 온 느낌마저 든다. 이곳이 대한민국의 중심부라니 처음 보는 광경에 아찔한 현기증을 느껴본다.

조금 내려가니 촛불집회 식전 행사로 풍물놀이가 한창이다. 그것도 이순신 장군 동상 앞이다. 그곳에는 실물 크기의 박근혜 대통령의 모형이 밧줄을 칭칭 감은 채 높이 세워져 있고 그 목에는 커다란 주사기 모형이 꽂혀 있다. 이런 행위가 벌어지는 곳이 왜 하필 이순신 장군 동상 앞일까? 너무 죄송하다는 생각에 올려다보니 장군의 근엄한 얼굴에 부라린 두 눈은 분노에 떠는 것 같다. 금방 칼을 빼 들고 불호령을 내릴 것 같은 오싹

한 한기를 느껴본다. 동상 좌대에는 온갖 잡동사니 행사 물품들이 어지럽게 쌓여있어 더욱 민망스럽다.

시간은 흘러, 오후 4시 반쯤이다. 풍물팀을 선두로 한 진보단체들이 촛불 행사장으로 이동하는 것을 뒤로하고 나는 태극기 집회장으로 향한다. 동아일보 앞에서 한 무리의 태극기집회를 만났다. 먼저 이재용 삼성 부회장을 석방하라는 대형 플래카드가 눈에 들어온다. 왜 이런 행사장에 저런 플래카드가 등장해야 하나 별로 어울리지 않는다는 생각이 들었다. 연사들의 열띤 강연에 박수와 호응이 뜨겁다. 대한문 앞으로 이동한다는 방송에 따라 행진이 시작된다.

무리의 뒤를 따라 도착한 곳은 대한문 앞 광장이다. 이미 많은 인파가 모여 있다. 태극기와 각 단체 깃발을 앞세운 군중들이 이 골목 저 골목에서 모여들기 시작한다. 순식간에 광장을 가득 메운 인파는 대부분 연령대가 높은 중장년층이다. 연이은 구호에 깃발이 춤을 춘다. 스피커에서는 힘찬 군가가 흘러나온다.

광장은 언 땅이 녹으면서 질퍽거렸고 잔디는 짓물러 온데간데없다. 조그마한 개인 텐트 십여 개가 설치되어 있고 개인과 단체명의 명패와 구호들이 붙어있다. 용도는 보수단체들이 광장을 선점하기 위한 수단이 아닌가 생각해 본다. 광장을 가득 메운 태극기와 각종 단체기는 숲을 이루고 드디어 연사들의 비장한 연설이 시작되고 분위기가 고조되기 시작한다.

나는 다시 촛불 집회장으로 향한다. 경찰 차벽이 양 집회장

중간을 차단했다. 경찰은 인도 하나만 열어놓고 통행자들을 관찰하고 있다. 광화문광장 주변 인도는 각종 단체의 테이블로 즐비하고 그 위에는 음료수와 행사 도구·스티커 등 다양한 소품들이 쌓여있어 야시장을 방불케 한다.

광화문광장을 가득 메운 군중은 대부분 젊은이다. 가끔 노인들도 눈에 보이는데 그들이 마치 이방인같이 느껴지는 것은 무슨 까닭일까? 잔디광장에 질서정연한 군중은 열을 맞춰 앉아 연예행사에 초청된 사람들같이 차분하다. 연단에서는 젊은 연예인들의 개그와 팝송이 흘러나온다. 분위기는 이미 촛불이 태극기를 이겼다고 생각해 본다.

양쪽 진영에서는 세 과시를 위해 연일 집회 군중 숫자를 부풀려 몇십만 명으로 발표한다. 그러나 지금 내 눈앞에 촛불 집회장은 불과 이삼천 명이면 후하게 봐줄 것 같다. 잔디광장에 앉은 인원의 가로세로 숫자를 대충 세어 본 결과다. 물론 시간이 지나면 숫자는 불어날 것이다.

태극기 집회장의 인원은 눈짐작으로 판단할 수밖에 없다. 모두가 태극기와 각종 단체기를 들고 있어서 깃발숲을 이룬 터라 사람 숫자를 가늠할 수 없다. 숫자도 분위기도 촛불보다 열세를 보이고 촛불집회와는 반대로 젊은 층은 거의 보이지 않는 것이 특징이다.

광화문광장과 시청 앞 광장을 각 두 번씩 오가면서 행사를 지켜봤다. 세상은 노년층의 보수와 젊은 층의 진보로 양분된 느낌이다. 이러한 분위기가 헌법재판소 판결에 얼마나 영향을 미칠까 생각해 본다. 재판관들도 사람이고 법도 사람이 운영하는 것이다. 양쪽 진영의 논리대로 같은 사안을 두고 격렬한 대립각을 세우면 여론의 눈치를 볼 수밖에 없을 것이다. 우세한 쪽의 손을 들어주는 것이 인지상정이 아닐까 걱정이 앞선다.

역사의 그날, 국회가 박 대통령 탄핵소추안을 의결한 2016년 12월 9일 로 부터 92일이 되는 날, 2017년 3월 10일 오전 11시 온 국민이 지켜보는 가운데 헌법재판소장 대리 이정미 재판관이 판결문을 낭독한다. 박 대통령을 파면한다는 선고다. 환호하는 쪽과 통곡하는 쪽의 극심한 온도 차는 이 나라를 둘로 나누었다.

2004년 5월 14일 노무현 전 대통령의 탄핵소추안이 기각되었을 때를 떠 올려본다. 법은 누구에게나 공정해야 한다. 그러나 대통령이 총선에 영향을 미칠 말을 했다고 탄핵까지 받는 것은 너무하다고 생각했다. 그런데 기각되어 탄핵 세력이 역풍을 맞아 자멸하는 것을 보았다. 이번에도 혹시나 하는 기대도 있었지만, 대세를 뒤집을 수는 없었다.

이제 계속해서 박 전 대통령의 형사재판이 진행될 것이다. 그에 대한 형사적인 유죄, 무죄가 무슨 큰 의미가 있을까. 그는 이미 죽었다. 죽음보다 더한 수모를 겪었다. 우리는 또 한 명의 전직 대통령을 감옥에 보내는 희한한 나라가 되어가고 있다. 다음은 누구, 또 다음은?

지나온 청와대 주인들은 모두가 불행했다. 멀리 청와대 지붕 위로 솟은 백악산의 부릅뜬 두 눈은 집주인을 지키지 못했다. 액운을 막기 위해 산 정수리 공터에서 굿판이라도 벌여야 하는가? 그런데도 그 자리를 차지하려고 사투를 벌이는 사람들의 생각은 무엇일까, 권력 때문일까? 아니겠지, 국가와 민족을 위해 헌신한다는 신념으로 청와대 입성을 노릴 것이라 믿어 본다.

애완견은 가족인가

 관악산 계곡 시원한 나무 그늘 밑이다. 기다란 나무 의자를 사이에 두고 여섯 명이 늘어서서 고성과 삿대질에 몸싸움 직전이다. 저만치 약수터에서 물 받는 사람들을 제외하고는 모두 이쪽을 주시하고 있다. "개가 당신한테는 얼마나 중요한지 몰라도 개는 어디까지나 개야, 왜 사람이 앉는 의자에 개새끼를 올려놓느냐 말이야."

 하고 노인이 개 주인 젊은이에게 언성을 높인다.

 "빈 의자에 좀 올려놓으면 어때요? 방안에 같이 생활하는 개인데, 요즘 세상에 애완견을 천시하는 사람은 야만인이지."

 "뭐야? 그럼 내가 야만인이란 말이야? 뭐 이런 사람이 있어. 말을 가려서 해야지."

 옆에는 푸들 한 마리가 심상치 않은 분위기에 연신 이 사람

저 사람 눈치 보느라 바쁘다.

"이봐요 젊은이 당신이 잘못했구먼, 뭐 그리 큰 소리요. 미안합니다, 하고 말 한마디 하면 될 것을."

옆에서 지켜보던 같은 또래의 노인이 거들고 나섰다. 그러나 개 주인도 만만치 않다. 개 사랑의 논리를 굽히지 않는다. 좀처럼 고성이 가라앉지 않고 한참이나 이어졌다. 주위 사람들이 한 사람 두 사람 개 주인에게 그만하라고 핀잔을 주니 얼굴이 시뻘겋게 약이 오른 개 주인은 개를 데리고 휑하니 사라진다.

나는 처음부터 사태를 지켜봤다. 개를 데리고 나타난 젊은이가 개를 번쩍 들어 긴 나무 의자에 올려놓으며 '가만히 있어.' 하고 물을 마시려는지 약수터를 어슬렁거린다. 그러자 개가 의자에서 내려와 주인에게 간다. 젊은이는 다시 개를 번쩍 들어 의자 위에 앉힌다. 의자 위엔 흙 묻은 개 발자국이 선명히 남는다. '저건 아닌데' 하고 생각했다. 누군가 그 의자에 앉으려면 흙을 닦거나, 모르고 앉으면 옷으로 흙을 닦는 꼴이 된다.

그것을 보다 못한 한 노인이 나무라자 개 주인이 반발하고 나서면서 일이 확대된 것이다. 주변에서 노인들이 너도나도 요즘 일부 사람들의 지나친 개사랑 문화에 한마디씩 한다.

모 약수터에서는 개를 데리고 온 여자가 걸어놓은 쪽박으로 물을 마시고는 그 쪽박으로 개에게 물을 마시게 하다가 주변 사람들과 언쟁으로 오늘과 비슷한 일이 났다고 소개하며 혀를 찬다.

약수터에 개를 데리고 온 것 자체가 곤란한 사안이다. 개는 언제 어디서나 대소변을 볼 수 있다. 대변이야 처리 기구를 가지고 다니면 주워 담을 수도 있다. 그러나 소변은 요소요소에 찔끔거린다. 자신의 존재감을 알리고 길을 찾는 표시이기도 하다. 주변을 오염시키니, 보는 사람으로서는 별로 유쾌할 수가 없다. 심지어 약수터에서야 말해 무엇하랴?

운동하러 공원을 매일 찾는다. 공원이나 오가는 길거리에서 개를 데리고 다니는 사람들을 자주 볼 수 있다. 그중에 목줄을 잡고 다니는 사람도 있지만 그렇지 않은 사람도 흔히 본다.

그리고 변을 주워 담을 기구를 들고 다니는 사람들은 보기가 극히 드물다. 길거리의 배설물은 내 개와는 상관없다는 듯 태연하다.

개를 운동시키러 데리고 나오는 사람, 보디가드 겸 친구 삼아 데리고 나오는 사람 등 다양하다. 나와서는 길거리에 실례하거나 말거나 모르는 척 양심을 거리에 내던진 사람들 때문에 다른 선량한 애견가들이 욕을 먹는다.

개는 사람과 가장 가깝고 교감을 잘하는 동물이다. 세상에는 800여 종의 개들이 있다고 한다. 우리나라가 본격적으로 애완동물을 기른 시기는 2000년대 들어와서라고 한다.

여러 종류의 애완견들을 보면 귀여운 개들도 많다. 그 초롱초롱한 눈망울로 주인을 따르는 충성심과 애교에 그만 매료되고 만다. 귀찮은 것도 많지만 금세 정든 자식이요 동생같이 한 가족이 된다.

　한번은 어떤 여인이 개를 품에 안고 이른 아침에 힘든 산행을 하는 것을 보았다. 자식을 저렇게 안고 산을 오를 수 있을까 생각하니 혀를 내두를 수밖에, 다른 할 말을 잊는다.

　집안에서 개를 기른다는 것은 아기 하나 기르는 것과 같다. 먹이와 배설물 처리, 목욕과 치장 또 각종 예방접종과 떨어지는 털은 감당하기 힘들다. 그뿐 아니라 공동주택의 경우 주변 사람의 질책과 눈총이 따갑다. 개로 인한 이웃 간의 반목으로 때에 따라서는 큰 싸움으로 번지는 수도 있다. 심지어 개 때문에 실랑이하다가 살인까지 저지른 언론 보도를 보며 '어쩌면 그럴 수도 있겠구나.' 하고 생각해본다.

　내가 예쁘다고 다른 사람들도 예쁘게 보아줄 것이란 생각은 무리다. 그것도 노인 세대와 젊은 세대들 간에 개에 대한 인식의 차는 크기만 하다. 천만 명 애완견 시대에 두 세대 간에 공감대 형성이 언제 이루어질까? 공원에 걸린 현수막에 '애완견 출입금지 – 필요시 목줄 착용 및 오물처리기구 지참' 이런 내용이 없어질 때를 기다려 본다.

삼봉마을은 이렇게 만들어졌다

　광활한 스크린 속이다. 인위적인 장막이 아닌 자연 그대로 생긴 무대 속에 펼쳐진 한 편의 드라마를 본다. 까마득한 망각 속에 던져 놓았던 그동안 잊고 지난 40여 년 전 사연들이 흑백필름 속에 살아난다.

　만안문학회가 문화원에서 이곳 박달도서관으로 옮겨와 처음 수업하는 날이다. 4층 문화교실 창밖으로 남서쪽 시가지를 바라본 내 눈은 타임머신을 타고 1970년대로 돌아가고 있다. 아파트 숲에 가리어 다 보이지는 않지만, 저 멀리 수리산 수암봉을 정점으로 좌우로 길게 박달동을 감싸 안을 듯 뻗어 나온 산줄기와 그 안이 스크린 속의 무대다.

　왼쪽 박달삼거리 마을과 오른쪽 삼봉마을이 한눈에 들어온다. 저곳을 포함해 이곳 도로 건너편 시가지가 광활한 들판이던 시절이다. 이곳이 내 젊은 날의 영욕이 함께 어우러진 작은 왕국이었다. 그중 우측 삼봉마을에 유난히 눈길이 간다. 저 마을은 내가 만들고 삼봉동이란 동네 이름도 지었다. 뒷산에 조그마한 봉우리 세 개가 있어서 붙인 이름이다. 저 안쪽, 당시 미군부대 탄약고 주변에 산재한 무허가 건물 47채를 집단 이주시키고 기존 20여 채를 합쳐 삼봉마을을 만든 것이다.

1970년에 나는 이곳 부대로 전입했다. 처음 받은 보직이 군수과의 부동산 담당관으로 약 230만 평의 광대한 유휴 군용지를 관리하는 업무를 맡았다. 이는 내가 논산훈련소 부동산과에 근무한 경력 때문이었다.

군이란 집단은 계급사회로 모든 결정권은 지휘관에 있다. 당시 우리 부대가 관장한 군용지는 재판과 민원으로 골칫거리였다. 지휘관들은 부동산이란 말만 나와도 고개를 흔들었다. 그런데 우리 부대 지휘관은 나를 부동산담당관으로 임명한 후 나에게 전권을 맡기고 내 말이면 무조건 승낙하는 상황이었다.

부동산이란 군의 통상적인 행정업무가 아니라 전문 직종이다. 일반 행정기관과 등기소는 물론 농경지를 경작하는 수많은 농민을 상대해야 하는 어려움이 있어 모두가 꺼리는 직책이다.

군용지 경작은 매년 사용 허가를 받아야 농사를 지을 수 있다. 그러나 일부 농민들은 정부수립 후 농지개혁법에 의거해 소유권이 농민에게 있다고 허가받기를 거부한다. 반면 군은 그 법이 군용지에는 적용되지 않는다며 농민들에게 군의 허가를 받으라고 강요한다. 그리하여 상호 상반된 주장으로 소송과 분쟁이 계속되었다.

이뿐 아니라 유휴 군용지가 너무 넓어서 관리가 부실하자 농민들이 그 틈을 타 곳곳에 무허가 건물 수백 채를 지어놓았다. 기존 건물은 어쩔 수가 없지만 앞으로는 무허가 건물이 더 들어서지 못하게 단속하는 것이 내 주 임무였다. 공휴일을 보내고 출근해 보면 어느새 무허가 건물 신고가 들어와 있다. 현장에 가보면 하루 이틀 만에 급조된 건물에 세간을 들여놓고 사람이 거주하는 어처구니없는 현실을 목격해야 했다. 나는 어쩔 수 없이 당시 안양읍의 철거반을 동원해서 그 건물을 부숴야 하는 악역을 감내해야 했다.

이때 마침 미군 탄약고 주변 500미터 이내에 있는 민가를 강제 이주하라는 육군본부 특별 지시가 내려왔다. 이제 어떤 형태로든 무허가 건물 정리는 불가피하게 되었다. 나는 물 만난 고기처럼 이 절호의 기회를 이용했다. 골치 아픈 무허가지역을 일시에 정리하기로 계획을 세웠다.

먼저 긴급 지시된 탄약고 주변에 산재한 무허가 47채를 처리해야 했다. 그러나 이주대책 없이 강제 철거할 수는 없었다. 고심 끝에 이주계획을 세우고 주민들을 설득하는 일에 밤낮없이 매달렸다. 지금의 삼봉마을(박달동 604번지 일대) 지역을 이주지로 제시하고 몇 차례 회의를 거듭한 결과 천신만고 끝에 무허가 건물 주민들과 합의하는 데 성공했다.

1972년 초 안양읍 건설과의 협조를 얻어 이주계획을 차질 없이 진행했다. 이주민들은 이곳에서 농사와 막노동으로 살아가는 영세민들이다. 이들은 평생 처음 내 땅 내 집을 가져 본다는 기대에 고마워했다. 반면 극소수 몇 명은 땅을 주어도 집 지을 형편이 되지 않아 그마저 권리금을 받고 팔고는 다른 지역으로 떠났다.

이런 우여곡절 끝에 신생 삼봉마을이 생겨났다. 나는 이 마을 귀퉁이에 조그마한 무허가 집을 사서 이사를 했다. 물론 이때는 분양하기로 결정된 지역이지만 내가 단속하던 집을 내가 사들이는 이상한 꼴이 되었다. 나는 합법적으로 좋은 위치의 대지 분양을 받을 수 있는데도 그것을 놔두고 허름한 집을 산 것이다. 주변 사람들은 나를 청렴한 사람으로 볼까 바보로 볼까? 자존심은 많이 상했다. 한편 생각하면 그것이 괜한 구설수에 오르지 않는 마음 편한 결정이었는지도 모르겠다.

동네가 형성되고 새마을사업이 시작되었다. 아내가 등 떠밀려 이 동네 부녀회장을 맡아 새마을사업을 총괄하게 되었다. 급조된 동네라 기반시설이 엉망이다. 도로와 하수도 정비가 시작되었다. 주민들이 하천에서 모래와 자갈을 퍼다 나르고 동사무소에서 시멘트를 지원받아 밤낮으로 노력한 결과 마을 안이 몰라보게 달라졌다.

새마을사업은 성공했다. 안양지역에서 성공사례 지역으로 선정되고 각 지역에서 견학을 오는 등 유명세를 치르게 되었다.

아내는 덩달아 바빠졌다. 안양시 대표로 경기도와 전국경연대회에 나가 새마을운동 성공사례를 발표했다. 아내에게는 고생과 영광이 교차하는 시간이었다.

나는 이 여세를 몰아 기타 군용지 내 무허가 건물 정리에 박차를 가했다. 박달동 삼거리 일대와 박달대로를 타고 시내 쪽으로 가는 좌측 약 60미터는 군용지로 무허가 건물 100여 채가 있는 지역이라 이곳과 지금의 연성대학 부지 절반 정도와 창박골 일대에 산재한 무허가지역을 과감히 용도 폐지 신청을 해서 육군본부의 승인을 받았다. 부대의 암 덩어리 같은 무허가 건물 500여 채를 부작용 없이 조용히 매각했다.

항상 군용지를 불법점유하고 있다는 불안감을 안고 사는 주민들과 또 관리부실 책임을 떠안은 군부대도 부담을 덜어주는 양쪽 모두에게 이익을 주는 청량제 같은 일이었다.

위의 사실과 같이 부대 군용지는 당시 호현고개로부터 지금 눈 안에 들어오는 산과 시가지 일대와 창박골까지 광대한 지역이다. 그 안에 산과 들, 인가들의 변천사가 담겨있으니 안양시 역사의 한 토막을 내 손으로 만들었다고 생각해본다.

그동안 우리 내외가 심혈을 기울여 만들어 놓고 떠난 동네를 가까이 있으면서도 한 번도 찾아보지 못했다. 이제 한번 찾아가 봐야 할 것 같다. 아직도 누가 살고 있는지 동네는 얼마나 변했을까?

도서관 창밖을 바라본다. 아파트 숲 위로 그 옛날 벼 이삭 출렁이던 황금 들판이 겹쳐 나타난다.

삼봉마을을 찾아가다

　오랜만에 삼봉마을을 찾아갔다. 같은 지역에 살면서도 동네를 떠난 후 처음이다. 삼봉마을은 안양 시내에서 박달로를 따라가다 보면 노루표페인트공장 못미처에 있다. 삼봉천을 끼고 도로변 산 밑에 자리 잡은 마을이다.

　이 마을은 1972년 군용지 안의 무허가 건물 47동을 철거해 이주시키고 기존 20동을 합쳐 만든 동네다. 그리고 나도 몇 년을 살다가 떠난 동네인데도 30여 년 만에 마을에 들어서니 처음 보는 동네처럼 생소하게 느껴진다.

　옛날에는 블록 담장에 붉은 기와 지붕 일색이던 동네가 빌라촌으로 바뀌었다. 초창기 집들도 몇 동이 남아 있기는 한데 낡을 대로 낡았다. 지금은 주변에 즐비한 고층 아파트와 빌라 등 현대식 건물들에 눌려 볼품없지만, 그때는 보편적으로 비슷한 집들이라 그런대로 아담하고 정겨웠다.

세상사 온전하게 보전되는 것은 없는가 보다. 나도, 저 집도 오랜 세월 늙고 풍파에 시달리다 보니 볼품없는 고물이다. 지지고 볶고 살아가던 사람들도 보이지 않는다. 기억을 더듬으며 골목길을 뒤져 봐도 낯익은 문패도 얼굴도 찾을 수 없다.

내가 살던 집을 찾아가 보았다. 동네 끝자락에 비교적 한산한 곳이다. 역시 그곳도 내가 살던 조그마한 기와집은 온데간데없고 이층 벽돌 건물의 교회가 들어서 있다. 후미진 동네 뒤에 웬 교회일까 하고 놀랐다. 내가 살 때는 산을 배경으로 하고 앞은 채소밭으로 확 트인 집이었다. 담장 안에는 왕벚꽃 한 그루가 번성했고 집 옆에는 나무딸기 울타리를 한 작은 텃밭이 있었다. 그 텃밭에는 창고인지 인가인지 기다란 임시 건물이 들어서 있다. 또 집 앞에는 빌라가 줄지어 들어서서 확 트였던 전경을 가로막고 있다.

텃밭 울타리에 있었다는 나무딸기 이야기를 해야겠다. 1973년도 봄 내가 근무하던 부대에 조 소령이란 분이 있었다. 어디서 들었는지 경남 진양 지역에서는 나무딸기가 유명한데 수익이 괜찮다고 하며, 나무딸기 묘목을 사서 이곳에서 한번 심어보자고 한다. 의기투합한 두 사람은 자금을 만들어 내가 진양군청을 찾아 산림과의 협조를 받아 묘목 일천여 그루를 사 왔다.

이 묘목을 내가 관리하던 군용지 내 밭에다 1m 간격으로 심었다. 3년이면 수확할 수 있다는 말만 믿고 열심히 노력해 보았으나 실패했다. 여름이면 산에서 송충이가 내려와 잎을 있는 대로 먹어 치우니 넓은 지역을 감당할 수 없었다. 그 묘목 일부를 우리 집 텃밭에 울타리 겸해 심었더니 다행히 열매를 맺었다. 나무딸기 열매는 산딸기 같이 생겼으나 산딸기보다 약간 더 굵고 맛이 좋았다. 그 나무 한 그루라도 있나 하고 찾아보았으나 허사였다.

저쪽 빌라 한 귀퉁이에서 연기가 피어오른다. 부부인지 노인 두 분이 주변에 쓰레기와 검불들을 태우고 있다. 불은 사람 키를 훌쩍 넘게 높이 타오르고 있다. 옆에 콘크리트 전신주에는 굵은 케이블이 저쪽 땅으로 늘어져 불길에 닿을 듯 말듯 아슬아슬하다.

저 케이블에 불이 붙으면 저 사람들의 능력으로는 진화가 어렵겠다는 생각을 했다. 한참을 지켜보던 나는 기어코 한마디 하고 말았다.

"아줌마 불나겠어요. 조심하세요."

다소 힐난조로 말했다. 그러나 그들은 들은 체도 하지 않는다. 케이블에 불이 붙으면 걷잡을 수 없이 타들어 갈 것인데, 그들은 콘크리트 전신주라 불이 붙을 거라고는 생각지도 않는 것 같다. 괜히 나만 초조해진다.

"저 케이블에 불붙으면 큰일 납니다."

하고 재차 큰소리를 쳤다. 그때야 옆에서 검불을 모으던 남자가

"그 양반, 가던 길이나 갈 것이지 웬 참견이요. 우리가 알아서 할 테니 어서 가시오."

돌아보지도 않고 한마디 툭 던진다. 아차, 내가 괜한 참견을 했구나. 조심조심하던 성격의 한 단면을 들키고 말았다. 오랜 군 생활 중에 교육 차원에서 부하들에게 이래라저래라 잔소리를 많이 하게 된다. 그 버릇을 아직도 버리지 못했다고 자성해본다. 불의不義를 보고 눈을 감는 것도 불의라고 했다. 그러나 현실에선 참견이요, 간섭으로 인식된다.

고샅길을 걸어 나오며 문패들을 살피고 있었다. ○○통 민원실이란 간판을 보고 멈칫 걸음을 멈춘다. 한참을 서성거리고 있는데 옆집에서 할아버지 한 분이 나온다.

"할아버지는 이 동네에서 얼마나 사셨어요?"

하고 물었다. 한 20년 살았다는데 모르는 사람이다. 할아버지는 휴대전화로 통장을 불러 몇 마디 말을 하더니 나에게 건네준다. 젊은 여자다. 지금 주민센터에서 봉사 활동을 하고 있는데 무슨 일이냐고 한다. 나는 최초 이 동네를 만든 사람이라고 했더니 대뜸 우○○란 분이냐고 한다. 그렇다고 대답을 했으나 묘한 기분이 든다.

까마득히 잊은 군대 호칭과 나를 알고 있다는 사실에 오래전 생각들이 살아난다. 자기는 한○○ 이란 분의 둘째 며느리란다. 시부모와 동네 분들로부터 나에 관한 이야기를 들어서 잘 안단다. 그래도 나라는 존재를 기억하고 있다는 생각에 감동적이다.

한○○ 이란 사람은 우리 근대사의 비극적인 한 획을 긋고 지나간 사람이다. 그러나 등잔 밑이 어둡다는 말이 맞는다. 이곳 사람들이나 나는 그가 과거 어떤 인물인지 모른 채 이곳 모 부대장으로 근무한 사실만 인식하고 한대장이라고 불렀다.

나 자신도 어떤 잡지에서 거창사건의 내용을 읽고야 내 이웃에 이런 사람이 살고 있구나 했다. 그는 1951년 지리산 공비 토벌 작전에 투입된 11사단 소속 대대장으로 거창사건을 지휘한 장본인이다.

그 후 군법회의에서 연대장과 함께 무기징역을 선고받았으나 이승만 정권에 의해 특별사면을 받고 군으로 복귀한 기구한 삶을 살다 간 사람이다. 그도 5년 전에 죽었다고 한다. 그때 죽은 희생자들은 지하에서 통곡하고 있겠지만 그만하면 그는 장수했다. 인생사 인과응보가 존재한다면 이런 장면에서는 어떻게 설명해야 할까? 또 내세에서는 어떤 상황이 벌어져야 종교에서 말하는 선악의 구분이 이루어질까 생각해 본다.

정의와 불의는 그때 그 시절, 상황에 따라 달라지는 것인가? 광복과 6.25 전쟁 이후 무수한 비극의 현장을 목격했다. 또 현대사에 굵직한 사건들을 체험하면서 그때 그 시절에 맞는 정의를 보아 왔다. 그러나 세월이 흐르고 시대가 변하면서 그 정의는 어느새 불의로 둔갑해 있고, 입에 거품을 무는 타도의 대상이 되는 것을 수없이 보아 왔다. 선과 악, 정의와 불의는 동전의 양면인가 생각해 본다.

오랜만에 찾은 동네에 막상 누구라고 찍어 찾아볼 사람도 없다. 이 골목 저 골목 기웃거려 보지만 아는 얼굴을 찾지 못했다. 또 오랜 세월 나도 그들도 변해버린 얼굴을 알아보지 못하는지 모른다.

내가 처음 이 동네를 만들면서 삼봉동이란 명칭을 사용한 이후 지금은 이 마을 외에 여러 곳에 삼봉이란 명칭이 사용되는 것을 보고 놀랐다. 박달 삼거리에서 부대 쪽으로 들어가는 도로가 옛날에는 지도상에 군용도로라 명기되어 있었는데 삼봉로라 버젓이 명기되어 있다. 또 무명천이던 하천이 삼봉천이란 이름을 갖게 되었다. 삼봉초등학교는 후에 만들어진 학교이니 자연스러운 일이다. 동네 주민센터에 들러 관내도를 살펴보는 과정에서 위의 사실을 확인하고 뿌듯한 자부심을 느껴본다.

그때 고락을 같이한 사람들이 열심히 노력하여 초라한 옛 기와집을 헐고 빌라도 양옥도 짓고 사는 모습이 감격스럽다. 삼봉 마을이 더욱 발전된 모습으로 영원하기를 빌어본다.

여든 살 아들은 지금도 그립다

위 제목은 네 살 때 사할린으로 끌려간 아버지를 그리는 어느 강제 징용자 아들의 한 맺힌 절규다. 광복 75주년을 맞으며 일제 강점기에 강제 동원된 780만 명의 고단한 삶과 그 가족의 험난한 삶을 어느 작가가 추적한 신문 기사 내용이다.

해방은 되었는데 남편은 소식도 없고 젊은 아낙은 정화수 한 사발 떠 놓고 남편의 무사 귀환을 빌고 또 빌었지만 영영 돌아오지 않았다. 네 살배기 아들은 어머니의 고달픈 삶을 지켜보며 배고픔을 참고 살았다. 그것도 잠시 6.25전쟁 통에 어머니마저 생이별하고 큰아버지 집에 얹혀살며 갖은 고생 다 하며 공부도 못했다.

군에서 만기 제대한 그는 가출했다. 서울에서 온갖 고생을 해 가며 성실히 돈을 모아 가정을 이루고 자식들 뒷바라지도 잘해

미국 유학을 보내고 아들은 현지에 정착해서 잘살고 있다. 1980년 마당이란 잡지에 사할린에 사는 이석동 씨가 파주에 사는 아들 회권이를 찾는다는 기사를 보았다는 6촌 동생의 연락을 받고 아버지가 생존해 있다는 것을 알게 되었다. 서로 연락을 주고받았는데 편지 한 통 받는 데 두 달이나 걸린다.

아들은 미국에서 교수가 되었다는 소식과 손주를 봤다는 기쁜 소식도 잠시 사할린에 사는 아버지의 친구로부터 아버지의 사망 소식을 받았다. 당시는 미수교국이라 갈 수도 없었다. 부친과 연락을 주고받으며 언젠가는 아버지를 모셔와 그동안 그렸던 한을 풀 것이란 생각을 하며 산 지 5년 만에 영영 이별하고 말았다.

2018년 아들과 함께 사할린으로 가 아버지의 유해를 수습하여 고향 떠난 지 80여 년 만에 고국으로 돌아와 아들의 아파트에서 하룻밤을 증손자들과 함께 보내고 다음 날 선산에 묻었다는 기사를 보며 아직도 강제 동원을 인정하지 않는 일본을 어이해야 하는지 가슴이 먹먹해진다.

해방되던 해 1945년 나는 보통학교(지금 초등학교) 1학년생이었다. 해방 전에는 학교에서 우리말을 할 수 없고 일본 글을 배우며 매주 신사참배와 군사교육과 방공 훈련 등 어린 나이에 고된 학교생활을 했다.

이때 우리 아버지가 일제에 의해 강제징용을 당해 끌려갔다. 4남매의 가장이 된 어머니의 고된 생활이 시작되었다. 바느질

솜씨가 좋았던 어머니는 남의 집 삯바느질과 농사 일품을 팔아 생계를 이어 가는 틈틈이 산에 가서 나무를 해 와서 땔감으로 사용했다.

나는 어머니를 돕는다고 학교에 갔다 오면 산에 가서 나무를 해 왔다. 하루는 날씨가 끄물끄물하니 비가 내릴 것 같았다. 이 날도 어김없이 나무하러 산으로 갔다. 그날따라 같이 가는 동무가 없었다. 나 혼자 꽤 멀리 소나무가 우거진 비룡산 산속으로 들어갔다. 떨어진 나뭇가지를 주우며 정신없이 한참을 올라갔다.

갑자기 요란하게 짖어 대는 까마귀 소리에 놀라 나무 위를 쳐다보니 커다란 까마귀 한 마리가 나를 노려보고 곧장 달려들 것 같은 기세로 짖는다. 나는 까마귀가 사람을 공격한다는 말은 들어보지 못했기에 태연한 척 계속 전진했다. 나를 노리던 까마귀는 갑자기 날아 비행기가 폭격하듯 나에게 달려든다. 나는 놀라 손에 쥐고 있던 낫을 휘둘렀다. 까마귀는 나무 위로 후퇴했다가 내가 움직이면 다시 공격한다.

너무 놀라 뒷걸음치며 도망쳤다. 그런 후에야 까마귀는 공격을 멈추었다. 어린아이 혼자라고 까마귀도 얕봤나? 어른들의 말을 들으니 그 어딘가에 까마귀 집이 있고 새끼를 키우는 중이었을 거라고 말한다.

이때 우리 가족은 하루 한 끼 정도 굶는 것은 예사였다. 때때로 막걸리 양조장에서 술지게미를 얻어다가 끼니를 때우기도

했다. 또 콩깻묵 안남미 같은 배급에 의존해 겨우 살아가는데 해방이 되었다. 내가 사는 약목에도 거리마다 만세 소리가 진동하고 어디서 나왔는지 처음 보는 태극기를 흔드는 사람, 맨손으로 힘껏 만세를 부르는 사람 등 약목 천지가 뒤집히는 대혼란이 며칠 계속되었다.

우리 가족은 이제 해방이 되었으니 아버지가 돌아올 것이란 희망에 들떠 있었다. 그러던 어느 날 일본에서 징용공들을 태우고 귀국하던 우키시마호가 침몰해 수천 명이 죽었다는 소식이 날아들었다.

우리 가족은 혹시나 하고 가슴을 조이고 있는데 같은 동네에 사는 종조모가 갑자기 신 내린 사람처럼 온몸을 부들부들 떨면서 준석이가 죽었다. 준석이가 배 타고 오다가 배가 침몰해 죽었다고 우리 아버지 이름을 부르며 굿을 해 댄다. 당시 우키시마호가 침몰해 수천 명이 죽었다는 소문에 충격을 받은 어머니는 종조모마저 가슴에 쐐기를 박으니 그만 병이나 자리에 눕고 말았다.

식음을 전폐한 어머니는 죽음을 작정한 듯 일어날 기미가 보이지 않았다. 어린 우리 남매들은 매일 지옥 같은 생활을 하고 있었다, 이웃과 친척들의 도움으로 겨우 연명해오던 중 어느 날 아버지가 갑자기 나타났다. 죽었다고 생굿을 했는데 나타났으니 이것이 꿈인지 생시인지 우리 집안은 물론 온 동네가 난리가 난 것은 당연했다.

그런데 사경을 헤매던 어머니가 병석을 털고 일어났다. 몇 날 며칠을 식음을 전폐하고 사경을 헤매던 어머니가 기적같이 일어났으니 우리 가족은 지옥과 천당을 함께 경험하게 되었다. 오랜 세월이 흐른 지금 생각해도 그 기적이 이해가 안 된다. 아버지가 돌아온 것은 침몰한 우키시마호를 타지 않은 좋은 운이었다. 그러나 어머니가 병석을 털고 일어난 것은 무엇으로 설명해야 하나? 두 분의 지극한 사랑의 힘이었나?

요즘 강제 동원 문제 해법을 두고 찬반 논쟁이 치열하다. 찬반 양 진영의 이론은 나름대로 일리가 있는 말이다. 그러나 언제까지 반일만 외치고 과거에만 얽매여 살 수는 없다고 생각한다. 우리는 이제 일본과 어깨를 나란히 하는 경제 대국이다. 대등한 위치에서 미래 지향적인 결단은 환영할 만한 일이다. 과거 김대중 정부가 한국군이 베트남 양민학살 의혹에 보상을 제의했을 때 베트남은 과거를 덮고 미래를 향해 가자고 단호히 거절한 전례를 생각해 볼 필요가 있다. 이제 일본이 우리 정서에 합당한 후속 조치를 내놓아야 할 때라고 생각한다.

젊은 날의 오발탄

햇빛이 따가운 늦은 봄날 오후, 벌써 두 시간은 걸어온 것 같다. 1958년 한국전쟁의 상흔이 채 가시지 않은 시기, 내가 경북 칠곡경찰서 약목지서 의용 경찰로 근무하며 경찰 시험 준비를 할 때다. 경찰 전투복 차림에 카빈총을 멘 내 등에서는 땀이 흘러 전투복 상의를 흥건하게 적시고 있었다. 오륙 호 띄엄띄엄 흩어져 사는 산골 동네에 이곳 동장의 안내를 받아 꼬부라진 좁은 골목길 맨 위쪽 집 싸리문 앞에 섰다.

동장이 이 집이라고 손가락으로 가리키는 곳은 평범한 시골 초가집이지만 그런대로 반듯하게 지은 집이다. 흐르는 땀을 닦는 사이

"여보게, 이군"

동장이 큰소리로 몇 번이나 불러서야 비시시 방문이 열리며

창백한 얼굴의 내 또래 젊은 남자가 나타난다. 낮잠을 자다가 나왔는지 헝클어진 머리를 쓸어 올리며 토방으로 내려선다.

"당신이 이 00이요."

하니

"예."

한다.

"이 새끼 젊은 놈이 낮잠이나 자면서 자갈 부역은 왜 안 해!"

홧김에 그의 뺨을 연달아 세 번을 후려쳤다.

교통수단이라고는 걷는 것 외에는 아무것도 없는 당시 나는 이 한 사람 때문에 장장 두 시간을 땀 흘리며 걸어온 화풀이를 이렇게 하고 있었다. 쓰러졌던 사람이 눈물을 글썽이며 일어나 그간의 사정 이야기를 한다.

그는 폐결핵을 앓고 있는 환자였다. 대구에 있는 조그마한 섬유공장에서 일하다가 몸에 이상을 느꼈을 때는 이미 병이 깊어 있었다. 평소 기침을 자주 하며 기운이 없고 얼굴이 창백해 주변에서 먼저 폐병 환자로 의심하며 병원에 가보라고 성화가 심했다.

"젊은이, 이렇게 병을 키워서 오면 어떻게 하느냐?"

의사의 질책과 폐결핵 3기 진단을 받고 하늘이 무너지는 충격을 받았다.

먹고 살기 힘들었던 당시에 그만한 직장을 구한다는 것이 쉽지 않은 것을 잘 아는 그는 치료를 받으며 계속 직장을 다닐 수밖에 없었다. 그러나 주변의 따가운 눈총은 점점 심해가고 급기야 회사에서 권고사직을 당하고 말았다.

공기 좋은 시골에서 병을 고치고자 이곳을 찾아들게 된 것이 어언 2년이다. 홀로 사는 어머니가 가정부 일을 해서 받은 돈으로 가끔 생활비와 약 그리고 먹거리를 놓고 갔다. 그는 혼자 생활해야 했고 몸의 상태가 좋은 날은 산에 올라 땔감도 해오고 약초도 캐다가 달여 먹어 보았으나 별다른 효과를 보지 못하고 몸은 점점 쇠약해져 운신도 힘든 상황이 되었다. 이웃 사람들도 뜨내기 폐병 환자를 달갑게 여길 턱 없고 자연 소외된 채 살아가는 그의 사정을 아는 사람이 별로 없었다. 동장도 모자가 사는 집이고 아들이 환자라는 정도만 알고 있을 뿐 그간의 사정을 오늘 이야기를 듣고야 알게 되었다.

사정을 들은 나는 그의 손을 잡고 미안하게 되었다고 백배 사과를 했다. 당신의 도로 자갈 부역 관계는 내가 알아서 처리할 것이니 빨리 쾌차하길 바란다고 말하고 동장의 소매를 잡고 나왔다.

"동장님, 동네 인심이 이렇게 각박할 수 있습니까? 어떻게 다 죽어가는 사람한테 도로 부역을 할당할 수 있습니까?"

동장에게 힐난조로 말하니 자신도 깊이 알지 못하고, 또 한 가구로 등재되어 있으니 어쩔 수 없이 할당하게 되었다며 미안하게 되었다고 사과한다. 그리고 어떻게 처리할 수 없겠느냐고 도리어 나에게 선처를 부탁한다.

"이제 저 사람 외에는 물량이 채워진 것 같으니 수일 후 도로에 자갈을 펼 때 같이 덮어 버리는 방법 외는 없지 않습니까? 주변 사람들에게 이해를 시켜 주세요, 저도 그날 현장에 나가서 주민들을 설득하겠습니다."

편법으로나마 이 사람의 도로 자갈 부역 문제를 마무리 짓고 나서도 환자의 창백한 뺨을 때린 것이 후회스럽고 그 환상이 지워지지 않는다. 그때는 내 어머니도 심하지는 않아도 폐결핵을 앓고 있었다. 그런 내가 전후 사정 이야기도 들어보지 않고 환자에게 손찌검부터 한 것은 젊음 탓으로 돌리기에는 너무 아픈 기억이다.

내가 동부파출소에 파견 명을 받고 부임해 보니 성주로 통하는 국도변에 조그마한 파출소 건물이 있고 직원이라고는 선임 순경 한 사람과 새내기인 나와 단 둘뿐이다. 파출소장이 경사로 인가되어 있으나 결원이고 두 사람이 동부출장소 관할 4개 동의 치안을 담당하는 형편이다. 스물두 살의 앳된 얼굴의 철부지가 시골 동네 치안을 담당한답시고 파출소에 부임했으니 관내에는 금방 소문이 나고 주변의 큰 관심을 받았다.

이곳에 나와 같은 우씨 성을 가진 어느 유지는 나를 집으로 초청하여 융숭한 대접을 해 주고 어려움이 있으면 언제든지 찾아오라고 격려해준다. 또 사무실에서 야근할 때는 주변의 예쁜 아가씨들이 먹을 것을 싸 들고 찾아오기도 한다. 어느새 나는 스타가 된 기분으로 우쭐거리는 자신을 발견하기도 했다.

6.25 전쟁의 흔적이 곳곳에 남아있는 당시 국도는 봄가을로 자갈을 깔아 노면을 정비해야 했다. 도로 총길이를 가구 수로 나누어 가구당 삼사 미터씩 노면 정비를 부담시켰다. 생업에 열중해도 먹고 살기 힘든 상황에서 부역을 시키니 주민들이 고분고분 따라 줄 리 없었다. 직원이 몇 명뿐인 출장소 행정력으로는 한계에 부딪혀 자연스레 경찰의 힘을 빌려 강제력을 행사하는 형편이 되었다.

나는 외근을 주로 하고 관내 도로 자갈 부역 책임을 맡았다. 이날도 시한이 얼마 남지 않은 도로 현장을 점검하는데 기다랗게 쌓은 자갈 무더기 가운데 한 가구분이 덩그러니 빠져있는 곳을 주시하며 오늘은 어떤 해결책을 찾아야 하겠다고 생각했다. '도대체 저곳을 할당받은 담당자는 어떤 사람일까? 무얼 믿고 저렇게 버티는가?' 가슴속으로부터 어떤 뜨거운 열기가 솟아올랐다.

자전거가 유일하게 빠른 교통수단이던 시절이어서 자전거포에서 가끔 자전거를 빌려 탄다. 그날도 자전거를 빌릴까 하다가 그것도 자주 빌리니 눈치가 보여 걸어가기로 했다. 길이 얼마나 멀고 가까운지도 생각하지 않고 무작정 나서다 보니 처음 가는 곳이라 무척이나 멀었다.

가는 길도 몰라 물어물어 동장 집을 찾았다. 동장과 동행하여 문제의 그 집을 찾았을 때는 먼 길과 더운 날씨 탓에 짜증이 났다. 또 그 한 사람 때문에 이런 고생을 한다는 생각에 극도로

흥분된 상태에서 내 또래의 젊은 사람을 보는 순간 내 손은 그만 자제력을 잃고 말았다.

'불의를 보고 눈 감지 말고 정의롭게 살아가자', '약자 편에서 생각하고 행동하자'는 등 나름대로 설정한 신조가 여지없이 깨어지는 현실 앞에서 나는 좌절하고, 또 회의를 느꼈다.

교만해진 내 심성을 뒤돌아보며 자책도 많이 했다. 그 시절은 시골에서 경찰이라면 꽤 권력자로 군림하던 시절이라 나도 모르게 권력자 행세를 하고 싶었는지 모르겠다. 어떻게 보면 철없고 순수했던 그 시절이 아쉬운 여운을 남기기도 한다. 그뿐만 아니라 지금까지도 잊히지 않는 이 사건은 내 인생의 진로를 바꾸는 계기가 되었고 내 인생에 꽤 깊은 상처를 남겼다.

개와 애완견

　어릴 적 이웃집에 심부름 갔을 때 일이다. 그 집의 커다란 개가 으르렁거리며 노려본다. 잔뜩 겁을 먹고 슬금슬금 눈치를 살피며 볼 일을 마치고 되돌아 나오는데 오금이 저리다.

　뛸까 말까, 저울질하는 중 어느새 뒤쫓아 온 개가 내 장딴지를 물었다. 놀라 소리를 지르자 주인이 개를 야단치는 바람에 겨우 풀려났다. 개의 이빨에 물려 길게 찢어진 장딴지 두 곳에서는 피가 흐르고 있었다. 병원에서 치료받고 의사 선생님으로부터 광견병 이야기를 듣고는 얼마나 무서웠던지 지금도 개를 보면 그때 생각이 난다.

　길거리를 걷다 보면 개를 품에 안거나 등에 업거나 별별 형태를 보이는 사람들이 많다. 심지어 제 자식인 양 엄마 아빠를 자칭하는 사람들을 볼 때면 기분이 찜찜하다.

나는 지금까지 세 번 개를 길러 보았다. 한번은 아내가 이웃 집에서 강아지 한 마리를 얻어와 별 관심 없이 잘 크기만 바라며 길렀더니 큰 개가 되었다.

어느 여름날 마당 들마루에서 저녁밥을 먹고 있었다. 갑자기 개가 건너편 헛간 쪽을 향해 죽어라 짖어댄다. 잔뜩 겁먹은 행동을 하며 몸부림을 치다가 쇠 목줄을 끊고 부엌으로 뛰어들더니 그대로 죽어 버렸다.

얼마나 놀랐는지 숟가락을 다 떨어뜨렸다. 얌전히 목줄을 차고 주인과 같이 있던 개가 갑자기 발광하고 그대로 죽었다는 것은 본 적도, 들어 본 적도 없어서 무어라 설명할 수도 없다.

헛간 주변을 살펴보아도 아무런 이상을 발견할 수 없다. 다만 헛간 안에 둔 오토바이 뒤 반사경만 불빛에 반사되어 벌겋게 빛나고 있을 뿐이다. 그렇다면 반사경에 놀라 개가 죽었단 말인가? 이해할 수 없는 현실에 놀랄 뿐이었다.

두 번째는 내가 근무하던 안양의 모 부대에서다. 뒷산에서 강아지 우는 소리가 며칠째 들려왔다. 호기심에 소리 나는 숲속을 찾아가 보았다. 생후 삼사 주쯤 지난 예쁜 강아지 한 마리가 놀라 도망치려 한다. 너를 구하러 왔다는 듯 미소 띤 얼굴로 얼러 보고 불러도 보았으나 여전히 경계심을 풀지 않는다. 잡으려 하자 이빨을 드러내고 저항하다 도망쳐 숨은 곳은 그동안 어미와 같이 지냈던 보금자리 바위틈이었다.

어미는 매일같이 부대 잔반통을 뒤지던 떠돌이 개가 분명하다. 산속에서 새끼를 낳아 기르다가 자리를 비운 것인가? 노란 털에 목 부분에 흰 띠를 두른 발바리 종류로 총명하고 예쁘게 생겼다. 이름을 미니라 부르고 집에서 며칠 정성을 들이니 어느새 식구를 잘 따랐다.

우리 집 식구가 된 지 사오 년이 지났다. 개가 늙고 키우기에 싫증이 났을 때다. 아는 사람이 자기 농장에서 기르겠다기에 그 개를 주었다. 농장 주인이 조그마한 트럭에 싣고 간 며칠 후다. 집사람이 차를 타고 경수 산업도로 서울 방향 대림대학 앞을 지날 때, 개 한 마리가 반대 방향으로 내 달리는데 보아하니 우리가 기르던 미니가 분명해 보였단다.

그러나 많은 차량이 오가는 산업도로인지라 속수무책이었다. 다음날 그 집에 전화로 확인하니 아니나 다를까 개가 없어졌다는 것이다. 그렇다면 분명 산업도로에서 본 그 개가 미니란 말인가? 실려 가면서 눈여겨 보아둔 옛 주인집을 찾아 나섰다가 길을 잃었거나 무슨 사고를 당한 것이 분명하지 않은가?

가슴이 짠하다. 그냥 기를 것을, 조금 귀찮다고 매정하게 남에게 주어버리다니, 그래도 옛 주인을 못 잊어 찾아 나선 개가 얼마나 충직하고 애틋한 사랑을 가졌는가. 사람은 언제나 이기적이고 매정하다. 개보다 못한 사람, 이 말이 이런 데서 만들어진 것인가 보다.

세 번째는 아내 친구가 두 살쯤 된 흰색 애완견 푸들 한 마리를 안고 온 것이다. 그 친구가 길에서 푸들을 주워서 며칠 집에 데리고 있었더니 남편이 싫어해서 못 키우게 됐다며 우리 집으로 데려온 것이다. 지난번 개들을 생각하니 또 그런 가슴 아픈 일이 생길까 봐 걱정되어 정이 들기 전에 아예 돌려주라고 아내에게 말했다.

그런데 한집에 살던 작은아들이 자기가 기른다고 생떼를 쓴다. 어쩔 수 없이 지난번 개와 같이 미니라 이름 지어 부르며 길렀다. 한동안은 아들이 목욕도 시키고 변도 치우고 나름대로 잘하는 것 같았다. 그러나 아들은 차츰 미술학원(화실) 일에 바쁘다는 핑계로 귀찮은 것은 제 엄마에게 다 떠넘기고 말았다.

몸이 불편한 아내를 생각해 개를 없애자고 아들에게 여러 차례 말해 보았으나 어림없다. 미니가 우리 집에 온 지도 몇 년이 지났다. 나는 휴일이라 집안의 이곳저곳을 손보며 청소하다가, 개와 함께 지내는 아들의 방을 들여다보고는 그 환경이 엉망진창이어서 더는 이대로 내버려 둘 수 없다고 판단했다. 아들에게 최후통첩했다. 내일까지 저 개를 집에서 치우지 않으면 내가 가져다 버린다고 단단히 못을 박았다.

다음날 퇴근하여 보니 개는 여전히 아들 방을 지키고 있다. 가장의 말을 무시하는 아들이 괘씸하다. 허언하지 않는 지금까지의 내 신조를 꺾을 수는 없다. 나는 개에 목줄을 매고 데리고 나왔다. 그러나 사전에 계획된 일이 아니기에 마땅한 처리 방법이 없다. 동물병원에도 기웃거려 보고 개 파는 집도 기웃거려 보았다. 역시 결론을 내리지 못하고 헤매다가 천주교 중앙성당

앞에서 슬그머니 목줄을 풀어 주어 보았다.

개는 나의 의중을 알았는지 재빠르게 길가에 세워둔 차들 밑으로 숨더니 없어졌다. 당황한 나는 미니를 불러보고 차량 밑을 찾아봐도 보이지 않는다. 에라 모르겠다. 하고 얼마만큼 오다가 다시 뒤돌아가 찾아보았으나 찾을 수가 없다. 포기하고 왔던 길을 뒤돌아 오는데, 저만치 흰 개 한 마리가 뛰어간다. 나는 뒤쫓아 가며 미니를 불러보았으나 차량과 인파 속으로 사라지고 끝내 찾지 못하고 말았다.

아내는 설마 했다가 빈손으로 돌아온 나에게 화를 내며 개를 어떻게 했느냐고 추궁한다. 내가 괜한 오기를 부렸나 후회도 되고, 주인에게 버림당한 미니가 나를 원망하며 길거리를 헤매고 있을 광경이 눈앞에 어른거렸다.

그날 저녁 귀가한 아들은 미니가 보이지 않자 펄펄 뛰고 난리를 쳤다. 모자가 개를 버린 현장 주변을 찾아가 수소문도 하고 찾아보았으나 허탕이었다. 낮에 흰 개 한 마리가 중앙로에서 차에 치여 죽은 것 같다는 노점상 할머니의 미확인 말만 듣고 돌아온 것이다. 아들은 방에 들어가 혼자 울고 있다. 그러나 이미 엎질러진 물, 그렇다고 미안하다고 사과를 할 수도 없는 딱한 나 자신이 미웠다.

다음날 미니를 못 찾으면 집에 돌아오지 않겠다는 말을 남기고 화실로 나간 아들은 개 사진에 50만 원의 현상금을 건 광고를 곳곳에 붙이고 개 찾기에 나섰다. 한 시간이 아쉬운 학생들까지 동원하고 수업보다 개 찾는 데만 신경을 쓰니 화실의 형편은 불 보듯 환한 것, 아들은 그 후 6개월 동안 화실에서 생활하고 집에 들어오지 않았다. 학생들은 하나둘 떠나가고 결국 화실은 명맥만 유지하다가 문을 닫고 말았다.

결국, 우리 부자는 개 한 마리를 놓고 자존심 대결을 한 꼴이 되고 그로 인해 화실을 망치고 부자간 사이가 한동안 소원해졌다. 지금도 그 일만 생각하면 아들과 개에게 한없이 미안한 생각이 든다.

나와 개는 전생에 악연의 업보라도 있었단 말인가? 이렇게 모두 비극으로 연을 끝냈으니 앞으로 결코 개는 기르지 않으리라 다짐한다.

4부 금산에서 꿈을 꾸다

효자도의 소방수

휴가철을 맞아 오각회 회원들이 부부동반으로 대천 앞바다에 있는 효자도로 여행을 갔다. 오각회는 전군 주요 부대 주임상사 출신들의 친목 단체다. 같은 일행 중 이석중 씨의 동생이 효자도에서 음식점을 하고 있기에 그곳에 짐을 풀었다.

바닷가 한적한 마을이라 일행은 벌써 마음이 들떠 있었다. 백사장 끝 소나무밭에서 고기를 구워 먹기 위해 물건들을 나르느라 분주하고 나도 그쪽으로 가고 있었다.

해는 바다 저만치 기울어가고 누가 백사장을 혼자 산책하고 있다. 붉은색 사파리에 검은 바지 차림의 여인은 천천히 거닐고 있다. 석양을 받은 바다 물결은 보석을 뿌려놓은 듯 반짝이며 조용히 출렁이고 있다. 햇빛을 등진 여인의 자태는 한 폭의 그림이요, 마치 영화의 한 장면을 보는 것 같다.

"저기 바닷가 산책하는 여자 누구야?"

친구에게 물었다.

"글쎄 우리 일행이겠지? 그럼 좋은데."

같이 걸으면서도 자꾸 눈은 해변의 여인으로 향한다. 고기를 구워 먹으며 술판이 벌어졌다. 한잔에 얼큰했다.

"아까 해변에 혼자 산책하신 분이 누구예요? 비디오를 한 컷 찍어 놓아야 했는데 나는 완전히 넋을 잃었어요."

라고 말하니

"나요, 나요"

하며 세 사람이 서로 자기라고 나선다. 옷차림에서 금방 누군가는 결정이 났다. 안창국 씨 부인이다. 멋있었다는 말에 자기도 한몫 끼어보겠다는 여자들의 농담에 한바탕 웃었다. 우리는 해변에서 한참이나 이야기꽃을 피우다 어두워서야 집안으로 자리를 옮겼다.

여자들은 이석중 씨 동생 집에, 남자들은 좀 떨어진 동네에 방을 잡았다. 밤늦게까지 이어진 술자리가 끝나자 화투판이 벌어졌다. 새벽 한 시쯤이다. 나는 화장실을 가기 위해 밖으로 나왔다가 깜짝 놀랐다. 저쪽 동네 우리 일행 여자들이 묵고 있는 집 근처에서 검붉은 불길이 솟아오르는 것이 아닌가.

"불이야!"

하고 소리쳤다. 방에서 놀던 사람들이 장난치는 거야, 뭐 하는 거야, 하고 투덜거리며 고개를 내민다. 건너다 보이는 동네에 검은 불길을 보고서야 모두 놀라 소리를 지르고 야단법석이 났다. 그 집에 있는 물건 중 불 끄는 데 소용될 만한 것을 잡히는 대로 들고 뛴다.

오밤중에 이게 무슨 날벼락이란 말인가. 우리 일행이 묵는 집이 아니기를 바라며 정신없이 뛰었다. 현장에 도착해 보니 지역 주민들은 보이지 않고 주인 할머니만 발을 동동 구르고 있다. 의용 소방수는 우리뿐이다. 불이 난 집은 다행히 우리 일행이 묵는 집 바로 뒷집이다. 남자들은 지붕 위로 올라가서 기왓장을 뜯어내고 물을 받아 불길을 잡고 여자들은 밑에서 양동이로 물을 퍼 나르느라 정신이 없다.

얼마나 시간이 흘렀는지 모르겠다. 큰 불길은 잡히고 잔불 처리만 남았다. 주위를 돌아보며 우리는 해냈다는 자부심에 가슴이 뿌듯했다. 얼굴이고 옷이고 숯 검댕이다. 서로를 바라보며 한바탕 웃었고 저마다 농담하며 완전히 소화 작업을 끝냈다.

띄엄띄엄 떨어져 있는 동네 주민들은 그제야 한 사람 두 사람 모여들어 저마다 변명하기에 바쁘다.

우리는 오랜 군의 조직 생활을 되살려 일사불란하게 움직였고, 위기에 처했을 때 신속히 대응하는 훈련이 몸에 배어있는 사람들이다. 신기하게도 이 사람들이 때맞추어 이곳에 하룻밤 묵었다는 것은 참으로 기이한 인연이라 할 수 있을 것이다.

몇 시간 선잠을 자고 해가 중천에 떠서야 자리를 정리하고 하나둘 화재 현장으로 모여들었다. 시커멓게 그을린 ㄱ자 기와 지붕은 반쯤은 날아갔다. 집안을 살펴보니 젖은 가재도구는 여기저기 널려있고 깨어진 기왓장과 타다 남은 서까래들은 폭격 맞은 전쟁터를 방불케 한다.

이 집 주인은 할머니 한 분과 초등학생인 손자가 고작이다. 오 남매를 두었으나 모두 출가하여 외지에 나가 산다. 할머니는 고향을 떠나기 싫어 농사를 지으며 집을 지키고 있단다. 그래도 자식들이 괜찮게 사는지 집안을 살펴보니 궁색해 보이지는 않는다.

처음 불은 손자 공부방에서부터 솟았다고 한다. 젖은 가재도구들과 어지러이 널브러진 화재 잔재들을 말끔히 정리하는 것도 우리 몫이다. 할머니는 이웃집 손님들이 아니었다면 꼼짝없이 집을 태워 먹고 말았을 거라며 하늘이 도왔다며 고마워한다.

길가에 자리를 깔고 할머니가 차려준 막걸리로 해장하며 저마다 지난밤의 무용담을 자랑하며 이야기꽃을 피운다. 사람의 운이라는 것은 과연 있는 것인가. 화재 난 집과 친구 동생 집은 같이 붙어 있다. 우리 아니었으면 그 집도 불길을 피할 수 없을 것이라는 생각을 하며 참 묘한 인연이라 생각해 본다.

바다 위 높이 나는 갈매기는 지난밤의 긴박한 사건을 아는지 모르는지 한가롭기만 하다. 산세 수려하고 아름다운 효자도를 산책하면서 여기저기 피어 있는 산도라지를 캐보는 것도 쏠쏠한 재미다. 어젯밤 소방수 역할은 노병은 죽지 않고 살아있다는 것을 일깨워 주는 오래 기억에 남을 일이다.

금산에서 꿈을 꾸다

5월 초 남해의 명산, 금산 보리암을 찾아가는 길이다. 몇 해 전에도 같은 코스를 다녀왔다. 그때 아름다운 풍경을 잊을 수가 없었다. 그곳을 다시 오게 된 것은 축복이다.

연륙교 지나 해변도로를 달리는 동안 내 눈은 꿈을 꾸고 있음이 분명하다. 차창 한쪽으로 금산의 웅장하고 수려한 모습이 손에 잡힐 듯 다가온다. 반대편 쪽빛 바다에는 멀리 가까이 점점이 늘어선 크고 작은 섬들이 눈에 익다. 옛날 내 고향 동네 앞 저수지 위에 떠 있던 연잎같이 정겹다. 자연스레 들고나는 해안선은 엄마의 젖가슴처럼 포근해 보인다.

이런 곳 저만치 해변에 예쁜 집 한 채 짓고 살았으면 좋겠다. 갈매기 벗 삼아 낚시도 하고 찾아오는 친지들과 산책도 하며 멋진 배 하나 정도 가지고 살았으면 좋겠다. 이런 생각을 하다가 이내 쓴웃음을 지어 본다.

젊어 직장생활 할 때는 전원생활을 꿈꾸었다. 정년퇴직하면 물 좋고 공기 좋은 이런 시골에서 여생을 보내리라 생각한 적도 있었다. 그러나 세상살이란 그렇게 호락호락하지 않았다. 막상 퇴직하고 나니 누가 강요하지는 않지만 자식들 뒷바라지란 올가미에 걸리고, 조금 지나니 손주들 뒷바라지란 올가미에 걸리고 말았다.

이젠 나이가 드니 병원을 가까이 끼고 살아야 한다. 또 주변의 각종 모임과 얽히고설킨 인연으로 오도 가도 못하는 신세가 된다. 그야말로 젊었을 때 꿈꾸었던 갖가지 계획과 전원생활 구상은 일장춘몽에 불과하다.

북곡 제1 주차장에서 바라본 산자락 풍경에 감탄한다. 저수지의 맑은 물과 뒤쪽의 초록색 금산을 배경으로 한 폭의 그림을 본다. 나뭇가지마다 새로 돋아난 여린 잎은 초록 바다를 이룬다. 듬성듬성 검은 점무늬처럼 박혀 있는 소나무가 물방울무늬같이 아름답다.

눈 앞에 펼쳐진 저 장관은 아름다운 공주가 수려하게 차려입은 비단 치맛자락이다. 길게 늘어뜨린 치마폭에 점점이 수놓은 검은 점무늬는 초록빛을 한결 돋보이게 한다. 쪽빛 다도해 쪽에서 불어오는 바람에 치맛자락이 하늘하늘 춤을 춘다.

평퍼짐하게 내려앉은 산등성이는 쭈그리고 앉은 황소 등같이 듬직하다. 나무 형태에 따라 몽글몽글하게 생긴 푸른 새싹 잎은 양탄자같이 부드러울 것 같다. 빈틈없이 산 전체를 감싸고 있는 그 품 안에 풀썩 뛰어들어 안기고 싶다. 금산錦山이란 이름은 이때가 적격이라 생각해 본다.

산 정상 가까이 자리 잡은 보리암은 우리나라 삼대 관음 도량이다. 이곳에서 기도하면 한 가지 소원은 성취한단다. '보리암은 683년 원효 스님이 초막을 지어 보광사라 했다가 그 후 천년세월이 흐른 뒤 보리암이라 개칭하게 되었다. 그동안 여러 차례 중건해서 보광전을 비롯한 다섯 동의 건물과 문화재인 삼층석탑과 또 해수관음보살 향나무 관세음보살상 등을 보유하고 있다.'

절벽 위에 또는 바위 밑에 위태롭게 지어진 건물들이 이채롭다. 사람이 할 수 있는 한계가 어디까지일까? 어떻게 이런 곳에 집 지을 생각을 했으며, 또 많은 자재를 운반했을까? 목재나 석재는 현지에서 조달했을 것이다. 그러나 무거운 기와나 기타 자재는 일꾼들이 지게로 지고 산 아래서 까마득한 정상까지 운반하느라고 얼마나 많은 비지땀을 흘렸을까?.

갖가지 형태의 기암괴석들이 신기하다. 높은 절벽 위에 얹혀 있는 바위들이 금방이라도 굴러떨어질 것 같은 불안감이 든다. 그래도 몇백 년, 몇천 년을 저렇게 아무 일 없이 버티고 있는 것은 무슨 조화일까? 불가사의한 자연의 힘과 예술성에 그저 감복할 뿐이다.

또 한편으로 만약 이곳에 강도 높은 지진이 난다면 어떻게 될까? 생각이 거기에 미치자 TV에서 본 끔찍한 중국이나 일본의 지진을 떠올리며 고개를 흔들어 본다.

높은 바위 위에 먼 하늘을 응시하는 늙은 원숭이 상이 애처롭다. 고향 땅의 가족을 그리워하고 있는 것인가? 그러나 고향에는 반겨 줄 그 아무도 없단다. 다만 유구한 산천만 너를 말없이 맞아줄 뿐이란다. 그런데 무엇을 그리도 못 잊어 먼 허공만 응시한단 말이냐.

인생사 또한 너와 다를 바 없단다. 꿈에도 그리던 고향에 가면 그 옛날 소꿉친구가 반갑게 맞아 줄 것만 같았는데, 그곳엔 부모 형제도 친구도 모두 보이지 않았단다. 그래도 또 한 번만 더, 그러나 매번 후회만 안고 쓸쓸히 발길을 돌리는 인생사와 다를 게 무엇이겠는가?

정상에 서니 시원한 바닷바람이 상쾌하다. 멀리 짙푸른 수평선에 늘어선 크고 작은 섬들이 꽃무늬같이 아름답다. 맑은 햇빛을 받아 파랗게 곱고 아름다운 색깔로 뒤덮인 금산은 한 폭의 수채화다. 내게 날개를 달아준다면 금산의 화려한 녹색 비단옷을 입고 너울너울 춤을 추며 다도해 위를 한 바퀴 돌아올 것 같은 상상의 꿈을 꾸어본다.

주문진시장 팸투어

안양문화원을 출발한 대형버스 두 대에 문화원장을 비롯한 고문, 이사 등 간부진 80여 명이 타고 주문진시장 사전답사에 나섰다. 이 행사는 특정 지역을 홍보하기 위해 유관 단체와 인사들을 초청하여 사전답사 여행을 시키는 행사였다.

나와 임명숙 수필가는 『안양문화』 명예기자 신분으로 행사 취재차 동행하게 되었다. 차 안에서 안봉애 선생을 만났다. 내가 문화원에 처음 발을 들여놓았을 때, 그는 국선도 강사로 나에게 국선도를 가르쳐 주었다.

지금은 강사를 그만두고 서울에서 다른 일을 하고 있는데 오늘 초청을 받아 참석하게 된 것이다. 나는 국선도 교육을 받으며 문화원 문창반을 알게 되었고 그것이 내 인생 말년을 뿌리째 바꾸는 계기가 될 줄은 몰랐다.

청소년 시절에 나는 소설가가 되겠다는 꿈을 품고 소월의 시집 한 권을 다 외울 정도로 읽고 또 읽었다. 또 정비석, 이광수, 김래성 등 유명작가들의 소설을 읽고 또 읽으며 문학의 길을 닦아 나갔다. 1958년 아리랑 잡지에서 체험담 원고모집 광고를 보고 경험 삼아 원고지도 없이 노트를 찢어 수필형식의 체험 글을 써서 투고해 보았다. 그것이 가작으로 선정되어 잡지에 이름이 실리고 나를 들뜨게 한 경험이 있다.

그 후 군 생활과 직장생활을 하며 50여 년 문학과 담을 쌓고 살았다. 문화원 문창반에 발을 들여놓으며 옛 생각을 살려 열심히 노력한 결과 안양문화원 문창반 제1호로 등단의 영광을 얻게 되었다. 뒤이어 임명숙 수필가가 등단하면서 문창반 동료들을 들뜨게 하고 문창반이 축제 분위기에 휩싸이게 되었다. 내가 지금까지 문학의 길을 걷게 된 것은 문화원을 알았다는 것에 큰 의미를 두고 싶다.

이번 사전답사 행사는 문광부에서 추진하는 '문화를 통한 전통시장 활성화 시범사업' 대상지인 주문진 수산시장에서 기획한 프로젝트로 강릉문화원을 통해 전국 224개 문화원 중 18개 문화원을 선정하여 식대 및 교통비를 지원해 주문진 수산시장을 관광시키는 행사이다.

아침부터 보슬비가 내리는 가운데 어느덧 버스는 영동고속도로를 달리고 있었다. 문화원장의 간단한 인사말에 이어 문화원 신축 이전에 즈음한 '문화원에 바란다'라는 제안을 현상 공모하는 즉석 행사가 열렸다. 이 제안을 통해 컴퓨터 교실 개강과 문화 가족 만남의 장소 마련 등 10여 건의 다양한 의견이 수렴되었다.

빗길 여행이라 예정보다 조금 늦게 주문진 수산시장에 도착해 우보횟집에서 점심을 먹었다. 시간을 아끼기 위해 이곳 조병우 관광해설사는 식사 중에도 시장 알리기에 여념이 없다.

식사 후 시장 옥상에 마련된 꽁치극장에서 박준희 해설사에게서 강릉시와 주문진시장의 역사와 전통, 각종 행사에 관한 설명을 들었다. 이곳 옥상극장은 기존의 오징어 건조장을 관광 마케팅 장소로 되살린 곳으로 대표 어종인 오징어를 주 소재로 한 공연을 한다. 또 전문 공연팀, 상인, 학생들이 자의적으로 공연을 하는 장소이며 이곳 상인들의 휴식 장소이기도 하다.

이날도 조병우 해설사를 따라 우리 일행은 미로 같은 시장길을 헤집고 다니며 각종 수산물과 건어물을 구경하고 쇼핑도 했다. 날씨 탓인지 시장 안은 비교적 한산하다. 시장 건물 벽면에 그려놓은 벽화는 바닷속의 각종 어종이 뛰노는 풍경을 잘 나타내고 있고, 컨테이너 갤러리에는 시장 상인들의 생활상을 엿볼수 있는 여러 장의 사진이 걸려 있다. 포구에는 많은 등을 단 오징어 배를 비롯한 어선들이 꽉 들어차 있어서 비 오는 바다 구경을 하는 재미도 쏠쏠하다.

귀로에 강원 유형문화재 제6호인 경포대에 들렀다. 32개의 기둥이 떠받치고 있는 웅장한 누각은 관동팔경 중 으뜸이라 할

만하다. 1508년 지금 위치에 옮겨 지은 경포대에 오르면 주변 십리 길의 경포호수와 우거진 노송들을 한눈에 감상할 수 있다. 경포대 건물은 정면 5칸, 측면 5칸 규모의 단층 겹처마 형태의 팔작지붕으로 구성돼 있다. 내부에는 숙종 임금의 어제 시를 비롯한 당대의 시인 묵객들의 편액이 많이 걸려 있다.

경포호 주변을 산책하며 쭉쭉 뻗은 노송들의 건강하고 아름다운 자태에 감탄했다. 그동안 여러 번 이곳에 와서 주변을 산책하고 해수욕도 했건만 그때는 지금같이 노송들이 아름다운 줄 몰랐다. 오늘은 해수욕은 못하지만 눈요기나 실컷 하자는 심정으로 주변을 산책하며 마음껏 즐겨봤다.

이어서 경포대 주변에 있는 신사임당 동상과 한시 비 광장을 둘러보았다. 우리나라 최고가인 오만 원권 화폐의 모델로서 이 시대에 살아 숨 쉬는 신사임당을 다시금 생각해 본다. 유학의 대가 율곡 이이를 길러낸 훌륭한 어머니, 시서화에 탁월한 솜씨를 발휘한 위대한 예술가, 고약한 여자 첩을 둔 남편을 섬겨야 했던 조선의 여인.

버스에 올랐다. 가뭄 끝에 내리는 단비라 전국적으로 넉넉히 내렸으면 좋겠다. 좌우로 펼쳐진 산과 들에 싱그러운 녹음을 구경하며 우리는 무사히 강릉 주문진시장 사전답사를 마치고 대관령을 넘었다.

북악산성에 가다

전철과 버스를 타고 간 끝에 성북동에서 내렸다. 초행길이라 산행을 하는 사람들에게 물어 안내소를 찾았다.

성벽을 방불케 하는 높은 축대 위에 화려한 집들을 보면서 드라마의 한 장면을 연상해 본다. 커다란 대문 앞에 미끄러지듯 고급 승용차가 선다. 전화벨이 울고 귀부인 스타일의 여인이 '네 성북동입니다.' 하던, 그 낯익은 동네가 여기구나 하면서 걸어간다.

대궐 문같이 화려한 대문에 삼청각이라는 큰 현판이 눈에 들어온다. 그 안에 궁궐 같은 한옥들, 한때 요정 정치의 산실로 유명했던 곳이다. 7.4 남북공동성명을 발표하고 만찬을 했던 곳, 지금은 전통문화 체험장으로 바뀌어 한정식과 레스토랑으로 이용할 수 있다니 무작정 들어가 구경이나 한번 해 보았으면 하는 충동을 느낀다.

삼청터널 입구에서 우측으로 가까운 위치에 숙정문 안내소가 있다. '아차! 이런 낭패가 있나.' 일행 중 한 명이 신분증을 지참하지 않았다. 이곳은 청와대 외곽 경계구역으로 1968년 1.21 사태 이후 약 40년간 출입 통제를 하다가 2007년부터 민간에 개방한 지역이다. 세 곳 안내소에서 신분을 확인하고 출입증을 목에 걸고서야 출입이 가능한 지역이다.

난감해하는 우리에게 안내원은 좌측 계단을 따라 올라가면 규모가 큰 말바위 안내소가 나오는데 그곳에서는 신분증 없이도 신원확인이 가능하다고 친절히 알려준다.

잘 만들어진 수입 나무계단이 너무 호화롭다는 생각이 든다. 얼마를 올라가니 안내소가 나온다. 출입 신청서를 작성하고 출입증을 목에 걸었다. 성벽을 따라 오르는 한쪽은 소나무가 잘 가꾸어져 있다.

도심 가까이에서 이렇게 아름다운 경관을 구경할 수 있다는 것은 얼마나 축복인가. 또 곳곳에서 서울 시내를 관망할 수 있는 전망대도 좋다. 이런 곳을 두고 차 타고 멀리 떠나야만 멋진 여행으로 아는 경우도 많다.

일행 중 한 친구가 해설사를 자임하고 나선다. '성곽 위 담장은 일정한 간격으로 끊어져 있다. 이것을 1타라 부르고 1타에는 3개 총구가 있다. 중앙에 총구는 근 총안이라고 가까운 적을 쏘게끔 아래를 향해 비스듬하게 경사를 주었고 양옆에 원 총안은 멀리 있는 적을 쏘게끔 바닥이 반듯하게 되어있다.'고 설명을 하는 등, 가는 곳마다 아는 지식을 일행들에게 주입하기에 여념이 없다.

능선 따라 구불구불 이어진 성곽은 용이 꿈틀거리며 달려가는 것 같은 착각을 할 만큼 아름답다. 장방형으로 반듯반듯하게 다듬어 쌓은 곳이 있는가 하면 몽돌같이 둥글둥글한 자연석으로 쌓은 곳도 있다. 돌 쌓은 것을 보고 태조 때, 세종 때, 숙종 때 쌓은 것인지 또 그 후대에 보수한 것인지 알 수 있다. 진흙을 주무르듯 정교한 석공들의 솜씨에 감탄한다. 타임머신을 타고 조선 태조 4년과 세종 4년으로 돌아가 본다.

태조는 농한기를 이용한다는 이유로 추운 겨울에 전국에서 10여만 명의 인부를 동원한다. 북악산, 낙산, 남산, 인왕산을 잇는 성곽을 토성과 석성으로 대부분 완성하고 8, 9월에 다시 7만 9천여 명을 동원하여 완공한다.

그 후 27년이 지나 세종은 전면 석성으로 보수 확장한다. 32만 명의 인부와 2천 2백 명의 기술자를 전국에서 동원한다. 당시 서울 인구가 10만 명이니 그 규모를 가히 짐작할 수 있다. 굶주림과 추위에 떨며 무거운 돌을 목도로 나른다. 힘에 부치면 쓰러지고, 쓰러지면 감독 관리들의 채찍이 날아온다. 가다가 엎어지고, 또 넘어지고, 그리고 다시는 일어나지 못하고 숨을 거둔다. 이렇게 죽어간 사람이 800여 명이다.

피땀으로 쌓은 성곽을 정작 임진왜란 때는 활용하지도 못했다. 그대로 비워주고 임금은 살길을 찾아 의주까지 도망쳤으니

성을 쌓다가 죽어간 그 많은 원혼은 얼마나 통곡했을까?

성곽 곳곳에 지역명과 성명이 새겨져 있는 것을 볼 수 있다. 지역별로 구역을 나누고 책임자를 기록한 것 같은데 옛날에도 실명제를 활용했다는 증거다.

고성 벽 곳곳에 현대식 초소가 붙어 있다. 망루에는 초병들이 지키고 있어서 가끔 2인조 순찰병들을 만날 수 있다. 또 관광객을 안내 겸 감시하느라 군복 아닌 운동복 차림의 군인들이 요소요소를 지키고 있다.

길가에 소나무 한 그루가 군데군데 톱밥 땜질을 한 채 서 있다. 1968년 1.21사태 때 무장공비들과 군경이 교전을 치르면서 생긴 수십 발의 총탄 흔적이란다. 창의문(자하문)밖에 세워져 있는 당시 종로경찰서장으로 무장공비 소탕에 나섰다가 전사한 최규식 총경의 동상과 연계시켜 보며 그때 위급하고 치열했던 상황을 유추해 본다.

내가 군에 있을 때다. 밤중에 비상 소집되어 부대에 복귀했다. 청와대 뒷산에 무장공비 수십 명이 나타나 군경과 교전 중이란다. 근 일주일 동안 비상 대기하는 와중에 1월 23일 푸에블로호 납치사건까지 겹쳐 터졌다. 이제는 전쟁이구나 하고 시시각각 들려오는 라디오 뉴스에 온 신경을 곤두세우며 밤을 지새웠던 기억을 꺼내 본다.

김신조가 생포됨으로서 북한 124군 부대 무장공비 31명이 비무장지대를 넘어왔다는 것이 밝혀졌다. 청와대를 습격하여 박정희 대통령을 암살하려 했다는 소식에 전 국민이 경악을 했다. 다행히 모두 소탕되고 1명만 도망갔다.

완강하게 거부하던 김신조를 전향시킨 뒷이야기가 재미있다. 자유롭게 풀어준 상태에서 서울 시내를 둘러보게 했다. 백화점과 시장 등 거리를 다니며 넘쳐 나는 국산품들을 눈으로 보고도 외국산을 위장했다고 억지를 썼다. 부정만 하던 그가 쌀가게에 수북이 쌓인 쌀더미 속에 손을 쑥 집어넣어 보고는 눈이 휘둥그레지더라는 말이 우습다.

그는 지금 목회자가 되었다니 이 길을 다시 걸어보면 무슨 생각을 할까? 그토록 미워하고 깨부수고 싶던 이 나라에서 행복한 삶을 살아가는 그를 북쪽으로 도망간 그 동료는 어떻게 생각할까? 그들로 인해 이 나라에는 안보 강화 문제가 대두되고 예비군 훈련이 생겨났다. 그때 생긴 통제 구역을 40여 년 만에 걸어보는 것이다.

땀과 피로 얼룩진 북악산성은 예나 지금이나 이 나라의 심장부를 지켜주는 주요한 역할을 하는 것만은 다르지 않다. 백악산(북악산) 정상에서 바라보니 광화문 광장이 똑바로 시야에 들어온다. 여기서 돌을 던지면 청와대 지붕 위에 떨어질 것 같은 생각이 든다. 그래서 이곳이 얼마나 중요한 위치인지, 출입 통제와 군인들이 겹겹이 지키는 이유를 알겠다.

급경사 나무계단을 따라 내려오면 옛 모습 그대로 보존된 창의문을 감상할 수 있는 것도 큰 수확이다.

숭의전崇義殿에서 임진강을 보며

우연한 기회에 친구들과 경기도 연천군 미산면 아미리 7번지에 있는 고려 태조 왕건의 위패를 모신 숭의전을 찾았다. 좁은 지방도로 옆 작은 주차장에 차를 세우고 주변을 둘러본다. 높지 않은 산줄기 끝자락에 잘록하게 잘려 도로가 지나고 길가에는 민가 몇 채가 음식점과 뒤섞여 있다. 그중 한 집은 고려 충렬왕 때부터 전해져 오는 전통 내림 소주를 판매한다는 간판을 내걸어 눈길을 끈다.

숭의전 올라가는 길 입구에는 잘 정리된 약수터가 있어 물을 받는 사람들이 보인다. 우리도 약수 한 모금씩 마시고 발길을 옮기자 바로 조그마한 하마비下馬碑가 눈에 들어온다. 여기서부터 숭의전 경내이니 말에서 내려 몸가짐을 낮추라는 경고인 셈이다. 홍살문을 지나 경사진 산모퉁이를 돌아가니 안내소 겸 문화관광 해설사가 대기하는 조그마한 관리소가 나온다. 우리는 그곳에서 해설사의 자세한 설명을 들을 수 있었다.

숭의전은 고려 태조 왕건의 원찰이던 앙암사仰巖寺가 있던 자리다. 이곳은 왕건이 후백제 견훤의 휘하 장수로 개성과 철원을 오갈 때 하룻밤을 묵어가던 곳이라 한다. 이곳에 왕건의 위패를 모시는 사당을 1397년(태조 6년)에 건립하였는데 이것이 숭의전의 시초이다.

고려를 무너뜨리고 조선왕조를 개국한 이성계는 많은 피를 보았다. 고려의 수많은 충신을 죽이고 유배 보냈다. 그러나 언제까지 억누를 수만은 없었을 것이다. 강자의 칼날을 피해 숨죽이고 절치부심하는 세력들을 껴안아야 했고, 민심 수습용으로 왕건의 사당을 건립하고 전조(고려)를 예우한다는 것을 만천하에 알리려 숭의전을 지었다.

정종 때는 고려 태조를 비롯한 여덟 명의 왕을 모셨다가 세종 때에 이르려 지금의 네 명의 왕으로 축소 봉향토록 하였다. 그 후 문종이 이 사당을 숭의전이라 이름 지었고 또 16명 충신들의 위패를 배신청에 따로 모셔 배향토록 했다. 사실상 문종이 숭의전을 완성하고 많은 배려를 했다. 그러나 제사를 모실 고려 왕 후손들이 없었다.

고려가 망하자 개성 왕씨들이 목숨을 보전하기 위해 성씨를 바꾸고 뿔뿔이 숨어버렸다. 문종은 수소문 끝에 멀리 공주에서 현종의 먼 후손을 찾아 부사副使로 삼고 그 제사를 모시게 하였다.

이때부터 개성 왕씨들은 합법적으로 이곳에 뿌리를 내려 지금까지 집성촌을 이루어 살아가고 있다. 실제로 우리 일행이 식사한 음식점의 여종업원이 왕씨였다. 그녀로부터 주변에 개성 왕씨들이 많이 살고 있다는 이야기를 들을 수 있었다.

문종이 숭의전에 많은 정성을 쏟은 흔적이 보인다. 문종은 자신의 병약함과 어린 아들의 왕위 승계 문제를 두고 많은 고민을 하였을 것이다. 또 숭의전을 통해 고려조 충신들의 충절을 반면교사反面教師로 활용하였고 그들의 충절을 높이 찬양하며 주변에 호시탐탐 왕위를 노리는 수양대군을 견제하는 수단으로 활용하였다고 본다.

문종 사후 우려했던 수양대군의 왕위찬탈이 발생했다. 그로 인한 단종 복위운동이 일어나고, 그 때문에 성삼문 등 사육신이란 희대의 충신들을 낳았다고 생각해 본다.

숭의전은 조선조에 총 5차례에 걸쳐 중개수重改修를 거듭하다가 한국전쟁 때 전소되었다. 당국은 1971년 역사적 가치를 인정하여 재건하였는데, 현재 5동의 건물이 각각 별도의 돌담으로 둘러싸여 있는 것이 특이하다.

돌계단을 올라 대문을 들어서니 정면으로 숭의전이 보인다. 안에는 태조 왕건의 위패가 모셔져 있고 그 앞에는 향로와 촛대가 놓여있다. 정면 왼쪽에는 현종, 문종, 원종의 위패가 세워져 있고 그 오른쪽에는 태조 왕건의 영정이 근엄한 표정으로 우리를 응시하고 있다. 왜 그리 서 있느냐고, 불호령이 떨어질 것 같은 그 위압에 눌려 신발을 벗고 올라가 허리 굽혀 참배했다.

숭의전 우측에 ㄱ자 형태로 배신청 건물이 있다. 고려조 충신 복지겸卜智謙을 비롯한 정몽주鄭夢周 등 16명의 위패가 차례로 세워져 있다. 모두가 역사 속에서 익히 들어온 인물들이다. 특히 정몽주의 위패 앞에 서니 그의 충절을 새삼 되새기게 된다.

정몽주는 고려를 지키기 위해 고군분투했다. 그는 방원芳遠의 회유를 끝내 거절하는 단심가丹心歌를 부를 수밖에 없었다. 방원의 무리가 조선 개국의 걸림돌이었던 정몽주를 선죽교에서 척살했지만 후대에서나마 충신 배열에 정몽주 위패를 봉안한 것을 보면 그의 곧은 충절만은 높이 샀던가 보다.

마전 군수 한문홍은 정조 13년에 숭의전을 중수重修하고 숭의전이 내려다보이는 잠두봉 절벽에 옛 왕조의 영화와 쇠락 속에 담긴 무상함을 읊은 시 한 수를 새겼다는데 보지 못한 것이 아쉽다.

전망대 쪽 계단을 올라가 본다. 멀리 산과 들판 그리고 강 백사장이 펼쳐진다. 바로 발아래 아찔한 천 길 낭떠러지 밑으로 임진강이 숭의전 절벽을 휘감고 흐른다.

저 강가 어디쯤일까? 2009년 여름 북한에서 황강댐의 물을 예고 없이 방류했다. 강가에서 야영하던 피서객 여섯 명이 희생된 사건이 떠오른다. 그로 인해 자연적으로 평화의 댐이 회자된 일이 있었다. 북한의 수공을 막기 위해 5공 때 축조된 댐이다.

당시 북한이 금강산댐을 폭파하면 서울이 수몰되고 63빌딩이 잠긴다고 했다. 그 바람에 겁을 먹은 국민은 코흘리개 어린이 저금통까지 털어 댐 축조 비용으로 가져다 바쳤다.

당시 재야에서는 댐의 무용론이 기승을 부렸다. 심지어는 댐을 폭파해야 한다고 맹비난했다. 그러던 사람들이 정권을 잡고 국정을 들여다보니 그게 아니었다는 것을 깨달았다. 그뿐 아니라 언제였는지 소리소문없이 슬그머니 댐 높이를 80m에서 125m로 증축하는 소동을 벌인 사실을 떠올려본다.

멀리 임진왜란과 한국전쟁 때는 임진강을 사이에 두고 수많은 공방을 벌여 왔다. 많은 생명을 앗아간 '임진강 전투'를 생각하면 그 원혼들이 지금 어디를 떠돌고 있을까, 슬프고 안타까운 생각이다.

오늘도 말 없는 푸른 강은 지난 역사를 아는지 모르는지 평화롭기만 하다. 절벽 위에 숭의전은 사실상 고려의 종묘라고 보아야 한다. 한 시대를 풍미하던 고려의 종묘라고 하기엔 협소하고 초라하다는 생각이 든다. 그리고 외진 곳에 자리 잡고 있어 아는 사람들이 별로 없다는 것도 아쉬운 대목이다.

한문홍이 잠두봉 기암절벽에 암각했다는 시는 다음과 같다.

사백 년 해묵은 고려조의 사궁들
어떤 이가 목석으로 새롭게 단장을 시켰나
강산이 어찌 흥망성쇠 되어 넋을 알겠는가

변함없는 잠두봉은 푸른 물을 흘려보내네

지난해엔 만월대의 가을을 서러워하고
지금은 군수가 되어 묘궁을 수리하였네
성조에 다시금 비석을 청해서
이곳에 남기어 강물과 더불어 만고토록 전하리라

단양에서 역동 선생을 만나다

"안녕하세요? 서로 인사하세요. 앞으로도 뒤로도 그리고 우리 청일점에게도 눈 한번 맞추어 보세요."

마치 불교 신자들이 산사에서 두 손으로 합장하듯이, 국선도 안봉애 선생님의 지도에 따라 회원들은 웃으면서 주고받는 인사로 수련을 시작한다.

국선도 수련을 시작한 지 3개월째다. 단순한 산행으로는 심신 단련이 부족한 것 같아 무언가를 찾던 중 우연히 아파트 현관에 쌓여있던 안양광역신문에서 문화가족회원 모집 광고를 보았다. 각종 교육프로그램 중 바로 이거다, 하고 무릎을 친 것이 국선도다. 즉시 전화 예약을 하고 첫 수련이 시작되는 3월 6일 시간에 맞춰 문화원에 도착해보니, 올해 첫 수업이라서 그런지 10명 정원에 겨우 오륙 명의 여자분들만 있는 게 아닌가. 남자는 달랑 나 하나뿐이라 당황스럽고 어색했다.

안봉애 선생님이 빨리 내 기색을 알아차리고 어색함을 달래 주기 위해 상황 설명을 하며 분위기를 잡아 나간다. 작년부터 다니던 남자분들도 있는데 오늘 출석을 못했고 인원도 어느 정도 찼다는 설명을 한 다음 서로 인사를 시키곤 수련 수업을 시작한다. 당시 계속 다닐 것인가, 그만둘 것인가를 두고 몇 번이나 망설이던 내가 결국 오늘날까지 계속 수련하고 있는 원동력은 어디서 나왔을까. 그 원천은 안봉애 선생님의 각별한 배려와 여러 회원의 따뜻한 성원이 아닌가 생각한다.

수련 도장은 일반 도장처럼 딱딱한 분위기가 아니라 선생님의 농담 섞인 한마디에 와르르 웃음이 터져 나오는 화기애애한 분위기여서 좋다. 나이 든 사람들이라 몸 따로 마음 따로여서 제대로 된 동작이 나오기 힘들다.

"오른손으로 왼쪽 무릎을 당기고, 왼팔은 뒤로 십전열 짚으시고, 몸은 왼쪽으로 돌려서 시선은 왼쪽 멀리 바라봅니다."

선생님의 구령에 따라 동작하다 보면 어느새

"OO 님. 손을 바꿔 잡으세요."

라는 지적이 들린다. 돌아보면 그 사람의 이상한 자세가 보인다.

수련 끝 순서에선 항상 한바탕 웃음꽃이 핀다. 손뼉 칠 때 양발 벌리고 엇박자 치기를 구령 붙여서 10회 실행하면 그야말로 가관이다. 처음에는 발 벌리며 손뼉 치는 것이 한두 번은 잘 된다. 계속해서 하다 보면 어느새 손발이 같이 움직이고, 그걸 고치려다 보면 여기저기서 웃음이 터져 나온다.

오랜 세월 굳을 대로 굳은 뼈마디들을 이리 비틀고 저리 비틀면서 끙끙대며 익혀 나가는 동작 하나하나가 새롭다. 온 전신을 비틀면서 동작을 익혀 나가다 보면 신기하게도 몸이 시원해진다.

나는 평소 매일 산행을 통해 몸과 정신을 단련해놓은 터라 몇 시간을 움직여도 별로 피곤한 줄 모른다. 친구들과 산행을 하다 보면 대부분 쉴 곳이 나타날 때마다 그곳에 앉아서 쉰다. 그러나 나는 앉아 있지 않고 계속 서성거린다. 그러면 친구들이 앉아 쉬라고 핀잔을 준다. 그제야 의자에 앉아 쉰다.

이렇게 산행으로 몸을 단련한 나는 실내에서 여자들과 어울려 몸풀기 정도의 운동인 국선도를 한다는 것이 영 쑥스럽고 우습다고 생각했다. 그런데 단전호흡운동은 내 생각을 바꾸어 놓았다. 단전호흡운동 이전에 수련한 운동은 서서 하는 것이라서 앉거나 구부리는 자세는 영 부자연스럽고 잘되지 않았는데 단전호흡운동은 전신을 유연하게 만들어 주었다.

두 시간 동안의 단전호흡 수련을 마치면 몸이 유연해지고 기분은 상쾌해진다. 중도에 그만두지 않고 버텨온 것이 다행이라 생각한다. 문화원에서 단전호흡 수련을 주 3회 정도로 실시해 주었으면 하는 것이 회원들의 바람이다. 오늘도 수련을 마치고 모여 앉아 차 한 잔 마시며 듣는 선생님의 경험담은 수련 연장

선상으로 참고가 된다.

오늘은 문화원에서 단양의 문화유적지를 답사하는 날이다. 단양은 단양 우씨인 나의 본향이다. 빼어난 경관과 선조들의 유적이 많은 단양에 가면 반드시 들려야 할 곳이 사인암舍人巖 일대다. 사인암은 추사 김정희가 하늘에서 내려온 한 폭의 그림 같다고 예찬했을 정도로 그 골격과 경관이 특이하고 아름다운 바위다. 고려 후기 유학자인 역동易東 우탁禹倬 선생은 고향이 단양이어서 이곳을 즐겨 찾아 청유淸遊하였는데, 그가 역임한 벼슬이 사인舍人이어서 이 절경의 바위에 사인암이란 이름이 붙었다고 한다.

사인암 벽면에는 역동 선생의 글씨를 비롯해 수많은 서체의 암각자가 남아있다. 그리고 사인암 앞 평지의 바위(반석)에는 역동 선생이 즐겼다는 장기판과 바둑판이 새겨져 있는데, 무수한 세월 속에서도 변함없이 그대로 온전히 보존돼 있어서 역동 선생의 숨결이 느껴진다.

시문에도 뛰어난 역동 선생이 남긴 한문 시조 두 편은 '청구영언靑丘永言'(1728년 김천택이 엮은 시조집)에 수록돼 있다. 이 중 3수로 이뤄진 '탄로가'歎老歌는 가장 오래된 시조로 한때 고등학교 국어 교과서에도 실려 지금도 이 시조를 외우는 노년층이 있을 정도다. 사인암에는 '탄로가'를 적은 역동 시비가 세워져 있다. '탄로가' 3수 중 교과서에 실렸던 종장을 읊어본다.

한 손에 막대 집고 또 한 손에 가시 쥐고
늙은 길 가시로 막고 오는 백발 막대로 치렸더니
백발이 제 먼저 알고 지름길로 오더라.

말이 나온 김에 역동 선생의 충절도 이야기해보자.

고려 충선왕 1년 곧 1308년, 역동 선생이 47세의 나이로 감찰규정에 재직할 때다. 충선왕이 부왕의 후궁인 순창 원비와 가까이 지내자 역동 선생은 흰옷에 도끼를 들고 거적을 메고 대궐로 들어가 상소문을 올렸다. 왕의 곁에 있던 신하가 격렬한 내용의 상소문을 펴들고도 왕의 노여움을 살까 두려워 감히 읽지를 못하였다. 역동 선생은 호통을 치며 통렬하게 꾸짖었다.

"경은 왕을 가까이 모시는 신하로서 그릇된 점을 바로잡지 못하고 악으로 인도하여 지금에 이르니 경은 그 죄를 아느냐?"

이에 신하들이 놀라 벌벌 떨었다. 충선왕도 부끄러워 다시는 선왕의 후궁과 통정하지 않았다.

단양은 퇴계 선생이 명나라의 소상팔경瀟湘八景보다 더 아름답다고 극찬할 만큼 여덟 개의 명승지 곧 팔경八景을 품고 있지만, 우리는 단양 팔경 중 도담삼봉과 석문을 돌아보는 정도로 약식 관광을 했다.

비록 약식 관광이지만 아름다운 풍경을 감상하면서 친목을 다지는 하루를 아름답게 보냈다. 단전호흡반만 따로 와서 이렇게 맑고 바람 깨끗한 곳에서 단전호흡 야외 수업을 하면 얼마나 좋을까 하는 생각만으로도 몸과 마음은 하늘을 날아갈 것 같은 기분이었다.

끝으로 밝힌다. 역동 선생은 단양 우씨 문희공파의 시조이니 곧 나의 조상이다. 나이를 탓하지 않고 문화원에 다닌 덕분에 단양을 찾게 되었고, 단양을 찾아간 덕분에 역동 선생의 숨결을 느낄 수 있었으니 탄로가가 아니라 찬로가讚老歌를 불러야겠다.

화산의 섬 홋가이도를 가다

　따뜻한 기온에 산야가 온통 녹색 바다인 5월 초, 일본으로 여행을 떠났다. 일본 하면 먼저 후지산이 떠오른다. 3,776m에 미끈하게 솟아오른 그 정상에 항상 눈을 이고 있어 하얗게 보이는 그 산을.

　치토세공항에서 이곳 3대 온천의 하나인 조찬케이로 이동하는 버스를 타고 2차선 좁은 시골길을 몇 시간 달렸다. 이곳은 동계올림픽을 치를 만큼 눈이 많다는 사실을 익히 알고 있었다. 하지만 후지산을 연상케 하는 정상에 하얀 눈을 이고 있는 산들을 보니 새삼 신기한 생각이 든다.

　버스가 달리는 도로변 언덕 곳곳에 철제 펜스가 45도쯤 아래로 비스듬히 설치된 것을 볼 수 있다. 가이드에게 물으니 눈사태를 막으려고 설치된 것이란다. 그러고 보니 아직도 펜스에 눈이 1m 정도 쌓여있는 곳도 종종 볼 수 있다.

조찬케이 온천마을은 우리의 시골 마을과 다를 바 없다. 높은 산에 둘러싸인 동네여서 사람 구경하기가 쉽지 않다. 온천수와 연계된 각종 시설을 둘러보고 마을을 지켜준다는 신전 비슷한 곳도 둘러봤다. 이곳은 우리나라 중부지역의 4월 초순 정도로 이제 막 벚꽃이 피기 시작한다.

호텔에서 온천을 즐기다가 노천탕으로 나갔다. 따뜻한 물에 몸을 담그고 희미한 전등불에 비친 주변을 살펴본다. 높은 산기슭과 연계된 정원 나무 밑에 쌓인 잔설의 희끗희끗한 모습이 마치 얼룩소가 누워있는 것 같다. 우리나라 같으면 주변에 눈이 남아있을 정도면 추워서 맨몸을 노출하기 힘들 터인데 일본은 해양성기후 탓인지 별로 차갑다는 생각을 못 느꼈다.

욕탕에서 유카타를 입은 채 식당으로 직행했다. 처음 입어보는 전통 일본 옷이다. 이 옷을 입고 목욕탕도 식당도 다니니 편리하다. 실내에서만 입는 잠옷 정도로 생각했는데 그게 아니다.

도야호수는 화산활동으로 생긴 큰 자연 호수다. 우리나라 안면도 정도의 면적이라니 바다인지 호수인지 구분이 되지 않는다. 호수에 갈매기가 날아다니는 것도 이색적이다. 사람들이 먹이를 던지면 갈매기가 재빨리 낚아챈다. 도야호수는 일본 최북단에 자리한 부동의 호수로 유명하다. 이 호수에 다니는 유람선을 타고 약 30분 거리의 니카노 섬에 가면 산림박물관을 돌아볼 수 있다.

니시야마 분화구는 2000년도 화산폭발로 생겨났는데, 당시 파손된 건물과 차량들이 그대로 그 자리에 보존되어있는 것이 신기하다. 아직도 흰 연기를 뿜어내는 분화구가 아니면 영락없는 폐허가 된 시골 야산 마을 모습이다. 자연재해의 현장을 그대로 보존해서 관광 상품으로 활용하는 지혜가 돋보인다.

소와신잔은 1943년 화산활동으로 당시 보리밭이던 평지가 402m나 솟아올랐는데, 지금도 뿌연 연기가 바위산 곳곳에 피어오르고 있다. 불쑥 솟아오른 산 아래에는 푸른 나무와 풀이 무성하고, 시뻘건 바위산의 정상에서는 무려 300도의 열기를 내 뿜는다니 신기할 따름이다.

이 산 초입 넓은 잔디밭 한편에 망원경을 세워놓고 소와신잔을 바라보는 우체국장의 동상이 이채롭다. 그는 당시 이곳 우체국장으로 재직하며 화산활동을 미리 감지했다. 주변 사람들을 피난시켜 피해를 막았다. 또 자신은 계속 남아 화산활동을 탐지했다니 대단한 지혜와 용기가 돋보인다. 그 후 그는 이곳을 사비로 구매하여 관광지로 개발하는 데 크게 이바지하였다. 지금도 그 후손들이 이곳을 관장하고 있는데, 화산 관광지로는 유일하게 사유지라니 그의 선견지명에 감복한다.

노보리베츠로 이동하여 지옥 계곡에 갔다. 한참 계단을 올라가니 달걀 썩는 냄새 비슷한 유황 냄새가 물씬 풍긴다. 골짜기 하나가 죽음의 계곡이다. 황토 골짜기에 온통 회색 페인트를 뿌려놓은 것 같다. 여기저기서 희뿌연 연기가 피어오르고 희뿌연

흙탕물이 졸졸 흐른다. 목책 다리로 만든 탐방로를 따라서 생명체가 존재하지 않는다는 골짜기로 갔다. 탐방로 중앙쯤에 조그마한 웅덩이가 있는데, 그곳에 고여 있는 회색 물이 20분마다 한 번씩 끓어오른다고 한다.

이곳 노보리베츠는 유황온천으로 명성을 얻고 있다. 국내외 많은 관광객이 몰려든다. 또 이곳을 여행하면서 입으로만 듣던 일본사람들의 검소한 삶을 눈으로 확인할 수 있다. 주차장과 길거리를 오가는 자동차들은 대다수 소형차다. 우리나라의 동네 길가 주차장에도 고급 차들이 많은데 이곳에서는 좀처럼 번쩍번쩍하는 고급 차를 발견할 수 없다. 호텔의 조그마한 방과 화장실, 세면장은 한국의 여관방 수준이다.

처음 이틀 밤을 온천 호텔 다다미방에서 잤다. 처음에는 고가의 여행비와 비교해 푸대접을 받는 것 같아 서운했다. 그러나 우리 내외는 막상 침대 방을 배정받고는 깜짝 놀랐다. 조그마한 방에 개인 침대 두 개와 화장대 그리고 의자 두 개, 좁은 욕실 겸 화장실은 숨이 막힐 것 같다. 몸집 큰 사람 같으면 비집고 다니기가 힘들 정도. 널찍한 다다미방에서 함께 마시고 놀이하던 지난밤을 떠올리자 아! 옛날이여 소리가 저절로 나온다.

일본 여행에서 특이한 체험은 한 끼 식대가 12만 원이라는 간판이 세워져 있는 호텔 뷔페에서다. 두 번에 걸쳐 대게와 킹크랩이 무한 리필로 나온다. 대게는 저리 밀쳐놓고 킹크랩으로 배를 채워보기는 처음이다. 한국이라면 대게만으로도 감지덕지했을 텐데 사람의 입맛이 참 간사하다는 것을 느껴본다.

삿포로로 이동해서 메이지 시대 문화재인 맥주 박물관에서 시음도 해봤다. 또 구 도청사와 방송중계탑과 시계탑을 보았는데, 그들은 문화재랍시고 관광지로 지정했겠지만 별로 흥미를 느낄 수 없다. 또 인근 도심에 폭 67m에 기다란 오도리공원을 둘러봤다. 이곳에서 매년 2월에 눈 축제 행사를 치른다지만 특별히 눈에 들어오는 것은 없다.

오타루 운하로 이동했다. 폭 40m의 길이 1.3km의 운하 옆에는 창고건물이 우중충하게 늘어서 있다. 한때 무역업이 활발할 때 창고 가득 물건들이 쌓이고 들고나는 배들로 붐비던 곳이다. 지금은 창고 내부를 개조해 고급 카페로 많이 운영하면서 관광 명소로 탈바꿈했단다. 오타루 눈빛 거리 축제가 열리는 2월에는 거리를 14만 개의 촛불로 장식하고 운하 수면에는 400개의 촛불을 띄운다니 그 장엄한 행사를 못 본 것이 아쉽다.

기타이치 가라스 마을에서 닌자 놀이와 연극을 보았다. 옛 귀족 집에서 그들의 생활상을 보면서 역시 검소한 일면을 볼 수 있었다. 내 고향에는 옛 관찰사 저택이 있었다. 아흔아홉 칸이라 불리던 저택에 처음 들어가서 출구를 찾지 못해 이리저리 헤맸던 기억을 떠올려 본다. 그에 비교하면 소박하다는 생각을 해 본다.

이번 홋가이도 관광을 하고 뒤돌아본 느낌은 뛰어난 자연 경치나 화려함, 또는 예술적인 그 무엇에 크게 감동한 일이 없다는 것이다. 중국의 장가계와 원가계 지역을 관광할 때는 웅대한 자연경관에 압도당하고 마치 선경을 헤매는 아릿한 감동을 느꼈는데 홋가이도는 자연경관이 평범하다.

홋가이도는 일본사람들도 쉽게 관광을 못하는 곳이라고 한다. 우리가 쉽게 제주도를 못가는 것과 비슷하다니 재미있는 비교가 된다.

홋가이도 여행은 온천과 화산 구경이며 두 번에 걸쳐 대게와 킹크랩을 실컷 먹었다는 기억이 전부다. 주변에서 너도나도 일본으로 여행을 간다고 하는데 그중에서도 홋가이도를 찾는다면 검소한 일본사람들의 생활상을 눈여겨보라고 알려주고 싶다.

봄맞이 문학여행 길에서

봄맞이 여행이라면 산 좋고 물 좋은 시골을 생각하기 마련인데 만안문학회는 서울로 봄맞이 간다.

안양역에서 전철을 타고 잠실역으로 가는 도중에 창밖으로 눈을 돌리자 바깥은 벚꽃 천지다. 서울 도심에 이렇게 많은 벚꽃이 있다는 것이 새삼스럽다. 오래전부터 문학회원들과 같이 꼭 가보고 싶은 곳이라 선생님께 건의해 성사된 여행이라 만족한 행사가 되었으면 하는 마음에 긴장이 된다.

전철이 삼성역을 지난다. 재향군인회가 운영하는 이곳에서 청소용역 관리장으로 약 십 년간 근무한 전력이 있는 나에게는 남다른 곳이다. 이곳에서 십 년 동안 근무했다고 하니 옆에 앉은 동료 회원이 '강남에서 놀았구면.' 하면서 농담한다. 사실 이곳에서 근무하며 갖가지 사연들을 겪었건만 관련한 글 한 편 남기지 못한 게 아쉽다. 그래도 같이 근무했던 역장들과 또 다른 역에 근무했던 관리장들과는 지금까지도 연락을 주고받으며 지내고, 이 시절에 좋은 관계를 맺은 다른 여러 사람과도 자주 만나며 지내니 노후가 외롭지 않다.

어느덧 잠실역이다. 우리는 먼저 롯데 건물 3층 민속박물관 앞에 있는 수필가 금아 피천득 선생 기념관에 들렀다. 그는 1945년부터 1974년까지 서울대학 교수로 수많은 제자를 길러 냈다. 1930년 「서정소곡」을 시작으로 문필생활을 시작하고 1973년 수필 「인연」을 마지막으로 시 104편과 수필 81편을 남겼다. 글을 쓰는 것도 명예와 돈이 필요해서인데 나는 그런 것이 필요 없다고 하면서 절필한 소박한 그의 삶을 보며 그의 좌상 앞에서 기념사진도 찍어본다.

점심시간이다. 민속박물관 뒷문 주변에 저잣거리가 있다. 어느 시골 저잣거리같이 소박한 식당가에서 식사를 마친 우리는 민속박물관으로 갔다. 선사시대부터 시작되는 내부의 전시물은 당시 인간의 조형물이나 공룡의 조형물 등으로 원시생활의 실상을 잘 보여주고 있다. 그리고 인간이 불을 발견하면서 생활방식을 바꾸어 가는 모습을 보여주고 있으며, 삼국시대에 이르러서는 근대 사람들의 생활방식을 잘 보여주고 있다.

디딜방아 찧는 모형을 보면서 어린 시절 어머니가 보리방아 찧던 기억을 떠올려본다.

조선 시대 들어서면서 우리가 통상 생각하고 어린 시절 보아 왔던 생활방식들이 그대로 펼쳐진다. 수원성에 올라 둘러보고 투구와 갑옷 차림 모형에 얼굴을 밀어 넣고 사진 촬영도 해 본다.

정조의 수원성 행차 모형도는 실체를 보는 것 같이 정교하다. 또 화려한 행차 모습은 당시 정조가 아버지 사도세자를 사후나마 지극 정성으로 모셨다는 생각을 할 수밖에 없다.

수원성을 쌓으면서 많은 일화가 전해지는데 강제노역이 아닌 품삯을 주었으며 수원으로 행차 때는 민원을 받아 해결해 주는 등 주변 민심을 다독여 주는 것도 그만큼 수원성을 중요시했다는 뜻일 거로 생각한다. 수원성은 여러 번 답사를 통해 눈에 익은데 모형이나마 박물관 안에서 밟아보니 새삼 정감이 간다.

박물관 내부도 많이 바뀐 것 같다. 몇 년 전에는 고성도 있고 전투 장면 같은 것도 있었던 것 같은데 어찌 된 일인지 보이지 않아 의아하다.

월드 내에서 가장 인기 있는 어드벤처를 구경 못하는 것이 아쉽다. 입장료가 비싸다. 안에 들어가면 모노레일을 타고 이곳저곳 구경도 하고 또 도보로 둘러보면 외국 시골 풍경 같은 토방 비슷한 주거시설도 볼 수 있고 식당에서 맛있는 음식과 차도 마실 수 있다. 까마득히 내려다보이는 지상에서 펼쳐지는 화려한 퍼레이드를 구경하는 것도 재미있다.

이제 봄맞이 꽃구경을 할 차례다. 석천호수로 가본다. 호수 갓길에 만개한 벚꽃 터널은 호숫물과 어우러져 환상적이다. 수많은 인파로 복잡한 길에서 역주행을 막으려 경찰이 교통정리를 하는 광경이 이채롭다. 상춘객들은 복잡한 인파 속에서도 온갖 포즈를 취해가면서 사진을 찍고 있다.

호수 섬 매직아일랜드에 세워진 놀이공원에서는 탄성인지 공포에 질린 비명인지 연신 악악거리는 소리가 들려온다. 안으로 들어가서 차 한잔 마시며 구경도 하고 싶으나 여의치 않다.

내가 이곳에 처음 왔을 때는 본관 어드벤처에서 구경한 다음 레일을 타고 호수 섬으로 넘어왔는데 지금은 그 레일이 보이지 않으니 없어진 것 같다.

벚꽃 축제 기간에는 이곳 예술인협회 회원들이 언덕 위 공연장에서 무료로 각종 공연을 계속하는데, 오늘은 보이지 않는다. 언덕 위로 올라오니 이곳에 피어 있는 꽃들이 더 예쁘게 보인다.

눈 아래에 펼쳐진 호수의 아름다운 풍경을 바라보면서, 1971년 당시 이곳 석천호수에서 우리부대가 부교 훈련하던 내 모습을 상기해본다. 당시 이곳 주변은 허허벌판으로 수박밭과 참외밭 천지였다. 할아버지가 관리하던 참외밭에 가서 수박과 참외를 사 먹으면서 할아버지와 이런저런 이야기를 하면서 놀던 추억을 되새겨본다. 그 당시 이곳은 농사가 잘 안되는 척박한 모래밭이었는데, 이제 한국에서 제일 부유한 지역으로 변해 있으니 세상은 참 모를 일이다.

5부 손주 바보 행진곡

마음의 고향

　안양 박달동에 있는 부대 창설기념 행사에 초청받아 전임 주임원사 출신 네 가족이 정문에 도착하자 현직 주임원사가 마중한다.

　주임원사는 그 부대 사병의 대표요 대변인이다. 그리고 부사관단 단장으로서 지휘관을 보좌하는 참모 역할도 한다. 달리 말하면 주임원사는 그 부대 사병의 어머니로서 부대 살림을 꾸려가고 역사와 전통을 이어가는 한 부대의 실질적인 주인이라 할 수 있다.

　아침에 비가 내리더니 언제 비가 왔냐는 듯 쾌청한 날씨에 바람이 불어 가을 날씨치고 꽤 쌀쌀하다. 영내를 구경하며 지휘부 쪽을 향해 올라가는데, 길목 연못가에 세워놓은 초석정礎石亭이란 정자가 눈에 띈다. 정자 마루에는 탁자 몇 개를 놓아 분위기를 살리고 있다. 어느 유적지 연못에 있는 정자를 연상케 한다.

이 부대에서 나는 1992년 퇴역했지만 미련을 두고 나왔다. 근무 당시 나는 어떤 형태로든 이곳에 정자를 하나 지어야겠다고 생각만 하다가 실천에 옮기지 못한 것이다. 그런데 후배들이 이렇게 훌륭하게 정자를 지어 휴일마다 찾아오는 면회객들에게 개방하고, 사람 소리가 나면 먹이 주는 줄 알고 몰려드는 물고기들의 유희를 즐길 수 있게 한 것이 대견하다.

길가 조그마한 공원에 서 있는 필승탑은 '필승'이란 글을 음각하여 만든 자연석 비석으로 나와 인연이 있다. 당시 실무자인 나에게 지휘관은 안양의 저명한 명필한테서 비석에 새겨 넣을 글씨를 받아 오라고 했지만, 나는 명필은 아니라도 이 부대 지휘관의 친필을 새겨 넣는 게 의미가 있지 않느냐고 설득한 끝에 지휘관인 지희원 대령의 글씨를 넣게 되었다.

사병들이 거처하는 내무반은 철근 콘크리트 슬래브로 된 2층 건물이다. 그중 일부는 재건축하여 박공지붕을 덮고 청기와를 올려 멋을 부렸다. 내무반 내부는 옛날에 약 40여 명씩 사용하던 통합 구조에서 탈피해 1개 내무반을 분대 단위로 편성한 구조이다. 2층짜리 개인 침대와 캐비닛 식의 관물함이 설치돼 있고, 방 중앙에는 탁자와 몇 개의 의자가 놓여있다. 내무반이 분대장을 중심으로 결속력을 다지는 공간으로 활용하고 있다는 느낌을 받았다. 옛날처럼 딱딱한 분위기는 찾을 수 없다.

샤워장과 화장실은 현대식으로 개조되어 언제든 더운물을 사용할 수 있게 만들어져 있다. 화장실 내부는 호텔 화장실을 연상할 만큼 그 시설이 정갈하다. 여기에다 비데까지 갖춰져 있으니 어떻게 보면 군대의 지나친 사치가 아닌가도 생각해 본다.

종합 컴퓨터실이 만들어져 있고, 20대의 컴퓨터는 유료화하여 각종 게임과 인터넷을 즐길 수 있다. 개인 카드가 있어 보안에도 신경을 썼다. 인상적인 것은 내가 있을 때는 없던 통합막사 안의 넓은 다용도실이다, 그곳에서 필요에 따라 교육 및 각종 행사를 할 수 있게 잘 꾸며 놓았다.

취사장과 식당은 처음 보는 현대식 취사 장비가 골고루 갖추어져 있고, 위생적이고 맛있는 조리를 쉽게 할 수 있게 했다. 병사들의 어머니뻘쯤 되는 여인을 전담 조리사로 고용하여 군 부대 식당에도 가정적인 분위기를 듬뿍 실어주고 있다.

취사 식당은 신축되었으며 옛날보다 약간의 변화를 가져왔다. 전에는 한쪽에 무대가 설치되어 있어 각종 실내 행사를 이곳에서 했다. 내 마지막 퇴역식을 연병장에서 치르고 이곳에서 송별연을 치른 것이 어제 같은데 덧없는 세월은 빠르기도 하다. 그동안 많은 발전을 해온 부대 환경이 놀랍다.

지금 영내가 마치 공원같이 아름다운 조경은 부대를 방문하는 모든 사람의 감탄을 자아내게 한다. 지휘부 앞 법선法線에 국기 게양대 좌우로 길게 늘어선 아름드리 단풍나무는 이 부대의 자랑이다. 봄이면 청과 홍의 단풍잎은 백양사를 능가하고, 여름이면 짙고 넓은 그늘에 설치된 벤치에 앉아 언덕 아래서 불어

오는 시원한 바람을 즐길 수 있는 이곳이 바로 무릉도원 같은 곳이다. 늦가을이면 단풍이 절정을 이룬다. 뒷산 잡목의 아름다운 단풍이 흘러내려 법선의 단풍나무와 연계되면 실로 장관을 이룬다.

나는 이 부대에 22년간 재직하는 동안 15년간 주임원사로 근무했다. 기간 중 주인 정신을 강조하며 남긴 발자국 중 가장 자랑스럽고 가슴 뿌듯한 일은 부대 공원화 작업이다. 지휘관들은 일이 년 짧은 임기를 채우고 곧바로 떠난다. 그러나 부사관들은 같은 부대에서 장기간 근무하기 때문에 부대 환경에 많은 관심을 쏟을 수 밖에 없다, 그래서 이 부대의 돌 하나 나무 한 포기 내 손이 닿지 않은 것이 없다.

생각하고 실천하는 자 없으면 아무것도 이루어질 수 없는 것. 내가 이 부대에 처음 왔을 때는 부대가 신축된 지 2년여밖에 지나지 않아서 부대 환경에 신경을 많이 써야 할 시기였다. 지금 단풍나무가 서 있는 법선 아래 45도 경사면에는 내 키만 한 소나무가 빼곡히 심겨 있었다. 그 사이에 단풍나무 몇 그루가 섞여 있는 것을 눈여겨 보아왔다.

어느 일요일 당직 근무를 하며 병력을 동원해 단풍나무를 뽑아 지금의 자리에 옮겨 심었다. 청색 홍색을 섞어 배열할 당시는 큰 나무의 굵기가 팔뚝만 하고 작은 것은 엄지손가락만 한 것들까지 각양각색이었다. 그래도 모자라 농장에서 몇 그루 구해다가 심었다. 가꾸고 손질하여 30여 년이 흐르니 오늘날 이 부대가 자랑하는 장관의 단풍나무 행렬이 있게 된 것이다.

영내에는 조그마한 연못이 두 개 있다. 앞에서 이야기한 초석정이 세워진 연못은 처음 배수로를 겸한 습지로 방치된 곳이다. 산과 도로를 연계해 이 삼십여 미터의 둑을 쌓으면 연못 하나를 만들 수 있을 것 같았다. 나는 당시 주임상사를 부추겨 지휘관의 허락을 얻어 연못 하나를 만들었다.

탄약고 앞 연못은 역시 습지로 버려진 곳을 병사 몇 명을 데리고 내가 직접 삽을 들고 물막이를 했다. 그래서 물이 고이고 연못 형태가 갖추어졌다. 마침 청평 양어장에서 잉어 치어를 분양한다는 신문광고를 보고 찾아갔다. 치어 6,000여 마리를 가져와 넣고 가꾸니까 사람들이 관심을 두기 시작했다. 몇 년 후 본격적으로 연못을 넓히고 자연석을 주워 둑을 쌓았다. 주변을 정리하니 주위에 큰 소나무들과 어우러져 멋진 공원이 조성되었다. 부대 행사가 있을 때는 야외 회식장으로 곧잘 활용되곤 하였다.

회의실에서 부대 현황 설명을 듣고 지휘관과 환담하는 자리를 가졌다. 재직 당시 이야기꽃을 피우며 선후배 간 우의를 다지는 뜻깊은 자리였다. 그리고 역시 이 부대가 공병부대의 중심 역할을 하고 있다는 것은 예나 지금이나 다르지 않았다. 이라크, 아프가니스탄, 동티모르 등 해외파병은 공병 업무가 주 임무이기에 초기 부대편성과 장비 등 공병 일반지원을 이 부대가 하고 있다.

주임원사실에 걸려있는 내 사진을 보고 잠시 감회에 젖어 본다. 나는 이 부대가 내 모든 정열을 쏟아 가꾸어온 마음의 고향이요, 보람이요, 안식처였다. 그래서 지금도 부대 이야기가 나오면 현역인 양 착각하고 자연스럽게 우리 부대란 말이 튀어나온다.

간부 식당에서 정성 들여 차린 음식은 여느 만찬장에 내놓아도 손색없을 정도로 다양하고 정갈스럽다. 지휘관, 참모, 각대 주임원사들과 그 부인들이 동참한 화기 넘치는 회식장은 그동안 여러 번 방문한 것 중 가장 뜻깊은 감회를 느껴보는 희열의 자리였다.

산상의 기원

우렁찬 제야의 종소리가 호국박달사 골짜기를 울린다. 대자대비한 부처님의 옥음玉音을 싣고 삼라만상 중생에게 퍼져 가는 저 소리는 어려웠던 지난 세월을 말끔히 지우고 희망찬 새해를 알리는 복음福音이리라.

호국박달사는 내가 근무했던 부대 영내 호젓한 골짜기에 불도 장병들을 위해 세워졌다. 군승을 고정 배치받을 수 없는 부대 사정상 인근 주변 대형 사찰에서 스님들이 돌아가며 번을 맡아 이곳에서 설법을 한다. 오늘도 구룡사 스님이 와서 법회를 진행하고 있다.

얼마 전 부임한 부대장은 독실한 불교 신자다. 그는 이 부대 참모로 근무할 때 이 절을 세우기 위해 많은 노력을 했다. 그때 나도 같이 근무했기에 그의 노력을 익히 안다. 세월이 흐른 후 부대장이 되어 다시 돌아와 제야의 종을 휘하 장병들과 함께 치고 있으니 감회가 남다를 것이다.

종 만드는데 나도 약간의 시주를 했다. 이 부대에 장기간 근무하며 주임원사를 16년간이나 한 덕분에 초청을 받았다. 2진으로 세 명씩 좌우로 여섯 명이 타종 대를 잡았다. 흔들흔들하며 작은 구령에 맞춰 앞뒤로 흔들다가 '쾅' 하고 부딪치니 우렁찬 종소리가 밤하늘을 뒤흔든다. 난생처음 0시에 제야의 종을 쳐 보았다.

지난 한 해를 무사히 보낸 것에 감사한다. '새해에도 더도 말고, 덜도 말고 지난해만 같아라' 하고 빌어본다. 가화만사성이라 하지 않았던가? 그러기 위해 우선 나부터 변해야겠다고 생각해 본다. 주변 사람들의 잘못된 부분을 에둘러 일깨우지 못하고 날카롭고 직설적인 언어로 지적하는 것, 내 딴에는 집안 식구들에게 교육적인 차원에서 한다는 잔소리 아닌 잔소리 기타 등등.

타종을 마치니 벌써 새해다. 법당에 엎드려 절하며 소원을 빌었다. 그렇다고 내가 독실한 불교 신자도 아니다. 누가 내게 종교가 무엇이냐고 물으면 무교, 즉 종교가 없다고 말한다. 그것이 참으로 편하다. 절에 가면 불도요 교회에 가면 기독교 신자이기 때문이다. 나는 모든 종교를 존중한다. 다만 어머니를 따라 몇 번 절에 가본 일이 있어 불교에 더 친근감을 느끼는 것이 사실이다.

군이란 집단은 온갖 계층의 사람들이 모인 다종교의 집합체다. 그래서 간부는 어느 특정 종교 신자라도 그 색깔을 너무 짙게 드러내지 않는 것이 좋다고 생각한다. 때에 따라서 타 부대 타 종교 행사에도 참석해야 하는 것이 진정한 지휘관이요 간부라고 생각한다.

나는 종교를 깊이 모르지만, 지향하는 궁극적인 목표는 같다고 본다. 종교는 내가 믿고 의지하는 마음속의 등대이고 안식처다. 또 선악을 가리고, 내세를 담보하는 것은 어느 종교나 다 같은 것 아니던가?

떡국을 먹고 보니 내가 가장 먼저 새해를 맞이하는 것 같은 뿌듯함을 느끼게 된다. 집에 돌아와 잠을 청하면서 타종식에 참석했던 사람들이 내일 새벽에 수리산 해맞이 간다는 말을 떠올렸다. 일기예보가 영하 8℃의 강추위란다. 게다가 산 정상에는 강한 바람 때문에 체감온도가 엄청나게 낮을 것이다. 해맞이를 갈 것인가 말 것인가 저울질하다 깜박 잠이 들었다.

새벽에 눈을 뜨니 여섯 시가 채 못 되었다. 그래, 내 건강을 시험해 보자, 몇 시간 전 타종식 때의 젊은 사람들을 산 정상에서 만나 내 건강을 시험해 보이자. 옷을 챙겨 입고 집을 나서니 새벽 밤하늘에 손톱달이 머리 위에 떠 있다.

수리산 등산길은 해맞이 가는 사람들로 줄을 잇는다. 모두가 새해에는 보다 나은 삶을 갈구하며 나와 내 가족을 위해 기도하려 추위를 무릅쓰고 산을 오르고 있지 않을까? 껌껌한 산길을 지팡이에 의지해 더듬거리며 오르는데 차가운 바람이 몰아 친다.

관모봉에 오르니 국기봉에 매달린 태극기가 바람에 세차게 펄럭인다. 이미 많은 사람이 좁은 정상을 다 차지하여 발 디딜 틈이 없다. 더러는 태을봉을 향해 떠난다. 나는 이곳에서 해맞 이를 작심하고 빈틈을 찾아본다. 아침 7시가 훨씬 넘었다. 곧 해가 뜰 것이다. 적당한 자리를 잡지 못해 애태우는 내 눈에 두 남녀가 불편한지 물러난다. 바위 모서리 빈자리에 재빨리 올라 섰다.

드디어 동녘 하늘이 벌겋게 달아오른다. 그리고 잠시 후 아! 하는 가느다란 탄성이 여기저기서 흘러나온다. 붉은 동녘 하늘 끝 시꺼먼 산 능선에서 밝고 둥근 해가 삐죽하니 머리를 내밀 고 있다.

합장하는 사람, 혼잣소리로 중얼거리는 사람 모두 새해 소원 을 비는 마음은 같으리라, 나도 붉은 해를 응시하며 마음속으로 먼저 집안의 안녕을 빈다. 예쁜 손자 손녀가 떠오른다. 또 나 자신의 건강을 위해, 조금 욕심을 더 내어 좋은 작품을 쓸 수 있도록 기원해 본다.

이제 사람들이 빠지기 시작한다. 그제야 주변을 살피며 아는 얼굴을 찾아본다. 그러나 이리저리 흔들리는 인파 속에 아는 얼 굴을 찾지 못했다. 후줄근하게 빠져나간 빈자리를 찾아 편안하 게 마음껏 둥근 해를 구경하며 심호흡을 크게 내쉬어 본다. 멀리 희미한 안양시가지를 바라보며 아직도 이렇게 건강한 삶의 한 페이지를 만들고 있음에 감사한다.

내가 사는 아파트도 눈에 들어온다. 저곳에서 내 생에 가장 힘든 시기가 있었다. 그 어려움을 극복하는데 죽을힘을 다했다. 이제 평온을 찾은 이대로 살아가기를 기원하며 하산했다.

눈물은 바다를 건너

눈물을 잘 흘린다. 드라마를 볼 때도, 신문을 볼 때도 나는 곧잘 눈물을 흘린다. 상가에서 상주의 슬픈 곡소리를 들을 때도 눈물이 고인다. 심지어 어떤 행사장에서 애국가를 부르는데도 눈물이 흘러 창피해서 애를 먹는 일이 한두 번이 아니다.

슬퍼도 울고 기뻐도 울고, 그 외 울어야 할 변수는 부지기수다. 감정이 풍부한 사람은 눈물이 많다고 한다. 그렇다면 내가 감정이 너무 풍부해서 그런 것인가? 주변 사람들은 내 외향적인 이미지가 냉담하고 근엄하며 눈물과는 어울리지 않으리라고 생각한다.

얼마 전 소리꾼 장사익의 공연을 TV로 보았다. 꽃구경이란 제목의 노래를 듣다가 나는 그만 엉엉 울고 말았다. 그는 독특하게 주름투성이 얼굴에 덥수룩하니 희끗희끗한 수염과 두루마기 차림이다. 주춤주춤 춤을 추며 먼 곳에 둔 시선은 아득한 옛 날을 회상하는 듯 처연한 모습이다.

그의 노랫가락은 느릿느릿 애잔하고 슬프다. 내용인즉, 어느 봄날 노모를 고려장 지내기 위해 꽃구경 가자는 명목으로 등에 업고 깊은 산중으로 들어간다는 것이다. 처음에는 꽃구경 가는 줄만 알고 좋아하던 노모가 심상찮은 눈치를 채고 넋을 잃다가 그래도 아들이 뒤돌아 올 때 길을 잃을까 염려하여 솔잎을 한 움큼씩 따서 뒷길에 뿌리고 또 뿌렸다는 내용이다.

고려장을 하고 돌아오는 아들의 길잡이로 솔잎을 뿌려주는 어머니의 마음을 자식은 알까? 모를까? 나는 옆에 아내가 있는 것도 개의치 않고 소리 내어 엉엉 울었다.

자식이 원한다면 무엇이든 다 주어도 아깝지 않은 것이 부모 마음이다. 나 또한 어린 시절 부모님은 항상 자식을 위해 희생 하는 존재로만 생각했다. 먹는 것도 입는 것도 자식이 먼저요, 어렵고 힘든 일은 부모의 몫이라고 생각하며 애써 외면했다. 철 없던 시절의 여러 일이 주마등처럼 지나간다.

현대판 고려장이 버젓이 성행하는 세상이다. 요양원이란 간 판을 곳곳에서 볼 수 있다. 병든 부모가 귀찮아서, 바빠서, 또는 직장 때문에 어쩔 수 없다는 핑계로 요양원에 맡긴다. 그곳에는 수많은 노인이 자기 몸 하나 가누지 못하고 남의 손에 의지해 살아가고 있다. 처음에는 자식들이 번갈아 찾아온다. 그러다가 차츰차츰 횟수가 멀어진다. 세월이 흐르면서 형제간에 부양책임 소재를 따지게 된다. 급기야는 우애마저 끊어 버리는 일을 주변에서 심심찮게 보게 된다. 내 말년은 과연 어떻게 전개될 것인가도 생각하게 한다.

얼마 전 '한국전 미군 참전용사 넋 기리며 3년째 헌화'라는 신문 기사를 본 일이 있다. 가슴 찡한 감동에 눈시울을 적셨다. 내용인즉 워싱턴 DC 6.25전쟁참전기념공원의 참전용사 동상 앞에 매주 1회씩 헌화를 하는 사람이 있다는 것이다. 빨간 수국, 파란 수국으로 태극기 모습을 표현한 화환에는 '우리는 당신들을 영원히 기억할 것입니다. 한국 국민으로부터….' 라는 영어 문구가 적혀 있었다.

2009년 서울의 모 대학 동기회 구성원 한 사람이 워싱턴에 갔다가 미군 6.25전쟁 참전비 앞이 너무 썰렁한 것이 마음에 걸렸다. 느낀 바 있어 동기회 모임에서 정기적인 헌화를 제의하게 된다. 한국재계의 쟁쟁한 실력자들인 회원들이 흔쾌히 동의하여 이루어진 것이다.

현지 헌화는 인근 버지니아에서 꽃집을 운영하는 교포 한 사람이 매주 빠지지 않고 실행한다. 그는 가끔 6.25 참전 90대 노 용사들이 찾아와서 화환을 보고 감동하며 우리 삶이 헛되지 않았다며 울기도 한다고 전한다.

나는 가끔 TV나 사진 속에 미 참전용사기념공원의 동상을 보며 숙연함을 느낀다. 판초 우의에 철모를 눌러쓰고 총을 든 19명의 동상이다. 적진을 향해 걷고 있는 듯한 모습을 보며 가슴 찡한 감동을 받는다.

그들은 자유와 민주주의를 지키기 위해 낯선 한국 땅에서 싸웠다. 아시아 한 귀퉁이 이름도 모르던 작은 나라에서 공산군과 싸우다가 3만6천9백4십 명의 꽃다운 젊은이들이 목숨을 바쳤다. 우리는 이들에게 억만금을 주고도 못 갚을 빚을 졌다.

그런 그들에게 주먹을 쥐고 물러가라고 외치는 자들이 있다. 또 맥아더 장군 동상에 밧줄을 걸고 철거하겠다고 악쓰는 자들이 이 땅에 버젓이 존재하고 있음은 통탄할 일이다. 그들이 목숨 바쳐 그토록 지키고자 했던 것이 이런 종류의 자유란 말인가? 이것이 민주주의란 말인가?

그곳에 한국전 미군 참전용사기념재단 웨버 회장이 있다. 2차 대전과 6.25 한국전쟁에 미 공수부대 대위로 인천상륙작전부터 참전했다. 서울 탈환과 많은 전투에 참여한 그는 중공군의 개입으로 후퇴하던 미 8군 후방을 방어했다. 원주 방어에서 부대원 42명이 전사하고 64명이 중경상을 입은 밤낮 사흘 전투에서 오른쪽 팔과 다리를 잃는 중상을 입고 후송된다.

팔다리를 잃은 그는 계속 현역 장교로 근무하다 육군 대령으로 예편한 강골이다. 그는 그때로 뒤돌아 간다고 해도 기꺼이 한국전에 참전하겠다고, 한국은 내 인생의 의미를 새롭게 한 곳이라 말한다. 그는 뜨거운 마음으로 한국을, 자유를 사랑한다.

참전용사 기념공원에 19명의 동상을 다시 본다. 그 모델 중 오른쪽 팔이 없는 한 명이 윌리엄 웨버 회장이다. 그는 동상 제

작 당시 한국군도 카투사로 미군과 같이 전투에 참여한 사실을 상기시켰다. 그 19명 중 한 명을 한국인 얼굴로 제작하도록 건의해 실현한 사람이다. 이들에게 우리는 무엇으로 보답해야 할까. 내가 감동하고 눈시울을 적시는 것은 자유민주주의를 지키기 위한 그들의 희생정신 때문만 아니다. 우방을, 동료를 끝까지 챙겨주는 그들의 마음 씀씀이가 고마워서다.

6월 보훈의 달을 맞아 내 한 방울의 눈물이 바다를 건너 그들에게 조그마한 위로라도 되었으면 좋겠다.

선물과 뇌물 사이

설날이 다가온다. 가까운 사람들에게 줄 선물로 무엇을 준비할까 생각만 해도 머리가 지끈지끈해지는 시기다.

옛날부터 명절이 되면 조상 제사를 모시고, 이에 앞서 자식들 옷이라도 한 벌씩 사서 입혀야 하는 것을 기본이라고 생각해왔다. 대목이 되면 있는 돈 없는 돈 다 긁어모으고 그것도 모자라면 빚이라도 얻어 준비하는 것이 서민들의 생활 방식이었다.

그런데 지금은 먹는 것 입는 것은 별문제로 하더라도 친한 지인들이나 직장 상사 또는 집안 어른들에게 어떤 선물을 할 것인가를 놓고 고민 또 고민하게 된다. 선물이란 주어서 기쁘고, 받아서는 고맙게 생각하고 유용하게 써야 하는데, 고심 끝에 보낸 선물이 받는 사람에게 하찮은 물건 취급받으면 그런 낭패가 없다. 하긴 돈이 많다면 백화점에서 값비싼 물건을 고르면 그런 대접이야 받을까만 그럴 형편이 아니니까 고민하게 된다.

나도 물론 선물을 받아도 보고 주어도 봤다. 직장에서 힘깨나 쓰는 상사에게는 어떤 선물을 할 것인가를 놓고 고심을 많이 해 보았다. 또 내가 받은 선물을 그대로 다른 사람에게 주어 본 일도 있다. 예상치 못한 사람이 찾아왔을 때 그냥 보내기가 민망해 받아 놓은 선물 중 적당한 것을 주어 보낸 일도 있다.

한번은 쉬는 날 외출했다가 집에 돌아오니, 아내가 선물 꾸러미를 내어놓으며 누가 다녀갔다고 한다. 그때가 진급 시기였다. 이상한 생각에 선물 꾸러미를 풀어보았다. 아니나 다를까 고가의 금붙이가 나왔다.

금붙이를 보낸 그는 평소 성실하고 업무 능력이 있다고 내가 인정해 온 사람이다. 그래서 격려도 하고 아껴왔는데 진급시켜 달라고 뇌물을 보냈다고 생각하니 기분이 몹시 상했다. 결국 그를 불러 여러 가지 상황을 설명하고 그 금붙이를 돌려주었다.

그런데 그 사람은 그것이 몹시 서운했던 모양이다. 공교롭게도 그즈음 발표된 진급자 명단에 그 사람이 빠졌다. 그것은 자신이 경력 관리를 잘못한 탓이니 누구를 원망할 사항이 아닌데, 금붙이를 돌려주고 야단을 친 내게 그가 원망의 시선을 보냈다. 나는 그 오해를 푸는데 상당한 시간과 노력을 쏟아야 했다.

선물은 잘 쓰면 약이 되고 잘못 쓰면 독이 된다. 우리는 상호 이해관계가 없이 작은 선물을 정으로 주고받는 것을 미덕으로 생각했다. 명절이나 특별한 날에 분수에 맞게 주는 선물은 무슨 문제가 있겠는가. 그러나 힘깨나 쓰는 고위 공직자나 어떤 이해관계가 걸린 사람에게 바치는 선물이 문제다.

꽃바구니나 케이크 상자 안에 거액의 돈 봉투를 슬쩍 끼워 보낸다든지, 어떤 값비싼 물건을 보내어 환심을 사려는 행위는 선물이 아니라 뇌물이다. 그로 인해 이름깨나 알려진 정치인이나 돈 많은 사람이, 뇌물수수 문제가 터지면 처음엔 웃음을 띤 얼굴로 극구 부인하다가 얼마 뒤에는 굳은 얼굴로 쇠고랑을 찬 모습을 나는 수없이 보아왔고 또 분노도 해 보았다.

덴마크 속담에 '선물은 여자를 황홀하게 하고 승려의 마음을 너그럽게 하며 법을 유명무실하게 만든다'는 말이 있다. 무서운 말이다. 로비하기 위해서는 먼저 그 대상자의 부인을 공략하는 선물이 필요할 것이고 그 선물을 받은 그 부인은 남편을 공략할 것이란 뜻이다. 승려는 통상 물욕이 없고 관대하고 너그럽다고 알려진 사람인데 선물 앞에선 그러한 승려마저 약해진다는 뜻이다. 법은 만인 앞에 서릿발같이 날카로워야 하지만 선물 앞에서는 속절없이 무디어진다는 말이 아니겠는가?

그렇다면 어떤 것을 선물이라 하고 어떤 것을 뇌물이라 말할 것인가? 선물이란 오로지 자기 분수에 맞아야 하고 대가성이 없어야 한다고 본다. 언젠가 나는, 공무원이나 정치인에게 주는 선물은 얼마의 물품 정도일까 하고 시청 감사실에 문의해 보았다. 대답인즉 김영란법(부정청탁 및 수수의 금지에 관한 법률)

에 따라 3만 원 가치 이상이면 뇌물죄에 해당한다고 한다. 받는 본인도 이를 신고해야 한다니 공무원들에게는 선의의 선물도 줄 수 없게 되었다는 생각이 든다.

돈 삼만 원으로 어떤 물건을 사서 선물을 할 수 있을까? 서민들이 주고받는 통상적인 선물은 식용유·비누·참치 세트 등으로 다양하게 많다. 그러나 차마 이런 물건을 들고 가기가 곤란한 것이 문제다. 웬만한 집에서는 이런 선물은 받는 자체를 곤혹스럽게 생각할 것이기 때문이다. 이것 모두가 부패한 일부 정치인들 때문이라 생각한다. 그들 스스로 만든 족쇄에 손발이 묶이고 덩달아 일반 서민들도 이 눈치 저 눈치를 봐야 하는 처지가 되었다. 선물과 뇌물, 정말 헷갈린다.

이번 설에도 아내는 아파트 경비원들과 청소 아줌마들에게, 그리고 또 가까운 이웃에 나눠주기 위해 복지센터 부녀회에서 파는 김을 열 상자 사 왔다. 이 선물은 아무 부담 없이 가볍게 줄 수 있으니 참 좋다.

성묫길 단상

추석을 십여 일 남겨놓은 어느 토요일이다. 아들 가족과 고향 산소에 성묘 가는 길이다. 이날 따라 청정한 날씨에 저 멀리 눈앞에 펼쳐지는 푸른 산과 황금빛 들판이 말 그대로 한 폭의 풍경화이다.

시골에서 자라 농촌풍경이 익숙하다. 저 정도 풍경은 감탄할 정도로 아름답다고 느껴 본 적이 별로 없다. 또 황금빛 들판을 격찬하는 글들도 그저 시큰둥하게 생각했다. 그러나 오늘은 차창 너머 전개되는 풍경과 어우러져 나도 모르게 기분이 들뜨고 있었다. 손주들은 마냥 신이 나서 장난치고 재잘거리는 것이 한 몫했는지도 모르겠다.

약속 장소에 도착하여 동생 식구와 합류하니 12명의 대가족이다. 산소 길을 오르는데 경운기 바퀴 자국만 빼고 자란 풀이 아이들 키를 넘는다. 이곳은 우리 문중 산으로 논밭을 포함 삼만여 평이 넘는다. 업고 안고 산소에 오르니 조부모님 산소는 말끔하게 벌초가 되어있어 깜짝 놀랐다. 가족이 소풍하는 기분으로 편하게 오도록 준비한 동생의 깊은 배려가 읽힌다.

우리는 세 파트로 나누어 참배했다. 마지막에 손주들이 생전 처음 참배를 한다. 멀리 산다고, 또 학교를 핑계 삼아 다음에, 또 다음에 하다가 오늘에 이른 것이 조상님들께 마냥 죄송스럽다.

주변 나뭇가지를 치고 간벌을 하는 동안 여자들과 아이들은 밤을 따고 줍는다고 법석을 떤다. 옛날 민둥산에 산소 주변만 소나무 묘목을 심어 정성 들여 기른 것이 이렇게 자랐다. 이제는 잘라 내고 가지를 쳐야 할 정도이고 산 전체가 밀림같이 무성해졌다.

주변 정리를 하고 나니 손녀가 두어 되쯤이나 주운 밤을 자랑스럽게 보여준다. 우리는 따가운 햇빛을 받으며 산에서 내려온 다음 동생이 대구 근교 하양에서 운영하는 농장에 들려 주종인 매실나무와 각종 과일나무, 개, 닭, 채소들을 둘러보며 풍성한 전원생활을 잠시나마 즐겨본다.

다음날은 약목으로 가서 합장한 부모님 산소를 찾았다. 역시 깨끗이 벌초가 되어있다. 멧돼지가 산소 주변 곳곳을 파헤쳐 놓았다. 산소를 건드리지 않은 것을 다행으로 생각하며 파헤친 부분을 복구했다. 멧돼지 퇴치 방법을 시급히 강구 해야겠는데 마땅한 방법이 없다. 만약 봉분을 해친다면 그야말로 큰일 아닌가.

처음 이곳에 산소를 잡을 때를 떠올려본다. 저 아래 두만천물이 두만지로 흘러들고 길을 오가는 사람들이 훤히 바라보였는데, 지금은 나무가 우거져 아무것도 보이지 않는다. 산소 아래 동생이 심어놓은 감나무의 감은 누군가 다 따가고 가장 높은 곳에 두 개만 달랑 남아 있다.

벌써 50여 년이 지난 그때가 생생하게 떠오른다. 군에 몸담고 있던 내가 어머니의 비보를 받고 급히 집으로 왔다. 스산한 날씨는 금방이라도 함박눈이 쏟아질 것만 같았다. 아니나 다를까. 한밤중에 진눈깨비가 내려 온 대지를 꽁꽁 얼어붙게 했다.

장례식 날, 상여가 장지까지 가는 길은 험난했다. 좁은 산골길을 피해 비탈진 논밭 언덕배기를 밀고 당기며 넘어야 했다. 험한 길을 거침없이 내 닫는 상여꾼들, 그리고 꽁꽁 얼어붙은 땅에 불을 피워 녹여가며 땅을 판 천광穿壙 꾼들, 그들의 고맙고 헌신적인 노력이 지금도 어제 일같이 눈에 선명하게 떠오른다.

나와 동생은 조상을 하나의 신앙으로 생각한다. 어디선가 항상 지켜보며 나를 지켜 주실 거라 믿는다. 산소 관리는 동생 내외가 지극 정성이다. 나는 공직에, 또 멀리 산다는 핑계로 늘 동생에게 떠넘기고 살아왔다. 오늘은 아들과 함께 벌초도 하고 체면치레 좀 해볼까 생각했다. 그런데 동생이 한발 앞섰다. 이번에도 실패하고 말았다.

차를 타고 가다 보면 잘 가꾸어진 묘지가 자주 눈에 보인다. 산세가 수려하고 경관 아름다운 곳이 많다. 잘 꾸며놓은 묘지 후손들은 살아생전에도 저렇게 잘 모셨을까 생각해보며 아무것도 실행한 것이 없는 나 자신을 뒤돌아보니 한없이 부끄러워진다.

묘지 문화는 개선되어야 한다. 다음 세대가 길도 없는 산속 조상의 묘지를 잘 관리할 것인지 의문이기 때문이다. 또 온 천지가 묘지로 뒤덮이기 전에 장묘문화가 바뀌고 있는 것은 다행스러운 일이다.

그러나 여기저기 석재로 난립하는 봉안당 또한 문제가 아닐 수 없다. 수목장樹木葬이나 산골散骨이 후손들을 위해서는 적격이건만 오랜 전통의 묘지 문화를 바꾸기가 쉽지 않은 것 또한 사실이다.

내려오는 길가 두만지 물이 유난히 맑다. 주변에 신유申劉 장군 유적지와 연계되어 이곳 사람들의 사랑을 받는 곳이다. 멀리 내려다보이는 시가지와 들판은 젊은 시기 꿈도 키우고 좌절도 해보던 보금자리다. 아이들과 사진도 찍고 놀다가 돌아오는 성묫길이 멀고 정체가 되어도 모처럼 아이들과 부모님 산소를 참배해서인지 나는 마냥 즐겁기만 하다.

손주 바보 행진곡

이 세상에서 가장 중요한 보물이 무엇이냐고 물으면 나는 단연코 손주인 수빈이와 현빈이라고 말할 것이다. 수빈이는 올해 초등학교 5학년인 손녀이고, 현빈이는 어린이집 3수생인 올해 여섯 살배기로서 아주 잘 생기고 착한 손자다.

이 아이들을 보고 있으면 나는 자꾸 장난을 걸고 싶다. 만져도 보고 괜히 건드려도 본다. 수빈이는 벌써 컸다고 이를 피하지만 현빈이는 한참 장난기 심할 때인지라 마냥 즐긴다.

손주 남매는 우리 내외와 같은 아파트단지 안에서 서로 건너다보이는 앞 동과 뒷동에 살고 있다. 아침이면 남매는 우리 집으로 건너와서 아침을 먹는다. 식사 후 수빈이는 학교로 가고 현빈이는 우리 내외가 어린이집에 데려다주고 데려오는 것이 일과처럼 되었다.

맞벌이하는 아들 부부가 아침을 아예 먹지 않는지라 손주 남매는 일찌감치 우리 집에서 밥을 챙겨 먹었다. 한참 먹고 자랄 때에 영양 관리를 잘해주지 않으면 성장에 지장이 있을 뿐 아니라 두뇌 발달에도 악영향을 미칠 것은 자명한데, 은근히 걱정이다.

요즘 들어 손주 남매가 부쩍 컸다. 그리고 철이 들고 의젓해졌다. 손주 남매가 올 시간이 되었는데 오지 않으면 집사람과 나는 베란다에 나가서 오는 길목을 지켜본다. 그래도 안 보이면 전화를 건다. 어떤 사람들은 귀찮지 않으냐고 한다. 물론 때로는 그런 생각도 든다. 그러나 그것은 잠시뿐이고 주말과 휴일에 손주 남매를 못보면 궁금한 나머지 전화를 걸어 목소리라도 들어야 직성이 풀린다. 또 휴일에는 손주 남매가 집안에만 갇혀 심심하리란 생각이 들어서 할아버지와 함께 공원에 가겠느냐고 전화로 물어보면 손주 남매는 좋아라 하며 문밖으로 뛰어나온다.

공원이든 어디든 오가는 길에 나는 손주 남매와 많은 대화를 나눈다. 어느새 훌쩍 커버린 수빈이는 철이 들어 의젓하고 어른스러워졌다. 호기심에 나에게 이것저것 질문을 하는 현빈이를 보면서 세월이 빠르다는 생각이 든다.

나는 두 아들을 두었다. 큰아들은 딸 미나 하나를 두고 단산을 하였으며 사 년 전에 암으로 이 세상을 등졌다. 작은아들 역시 딸 수빈이를 낳은 뒤 여섯 살이나 먹도록 동생을 보지 않아

내 애를 태웠다. 아무리 세상이 바뀌어 아들딸 구별하지 않는다 해도 아직은 그 가계에서 명맥을 이어가는 자는 어쩔 수 없이 아들이다.

가끔 우리 집 족보를 들여다본다. 선대에서 계속 몇 대를 독신으로 내려오다가 고조부님이 손이 없어 증조부님을 먼 집안에서 양자로 데려오셨다. 그 이후로는 적당히 자손들을 유지해왔으나 장손인 내 아들 대에 이르러 절손絶孫 위기에 처하니 여간 난감한 게 아니다. 때때로 작은아들에게 은근히 압력도 가하고 달래도 보았지만 말수가 적은 작은아들 내외의 의중을 알 수가 없었다.

그러던 어느 해, 비로소 나는 그렇게도 기다리고 기다리던 손자를 얻었다. 비록 장구한 세월 동안 시아버지의 간절한 소망에 부응하지 않아 애를 태웠지만, 드디어 손자 현빈이를 낳은 며느리가 그렇게 고마울 수 없었다. 온 집안 친지들에게 이 경사를 알리는 전화를 걸고 또 거느라 나는 여념이 없었다. 그리고 손자 본 것을 축하한다는 전화를 받고 받느라 나는 또 많이도 바빴다. 이 손자가 어느덧 이렇게 자라 어른스러워졌으니 대견스럽지 않을 수 있겠는가.

수빈이는 제 엄마를 많이 닮았다. 외모도 성격도 그대로다. 예쁘고 착하다. 여자아이가 좀 상냥하고 쾌활했으면 금상첨화이겠지만 무뚝뚝한 것이 흠이다. 현빈이는 제 아버지 판박이다. 이목구비가 뚜렷해서 마주치는 모든 사람한테서 잘 생겼다는 칭찬의 말을 듣는 것을 볼 때는 덩달아 나도 기분이 좋아진다.

내 나이 칠순을 넘긴 지도 한참 지났다. 이 손주들을 언제까지 볼 수 있을까. 아이들이 자라고 철이 들면서부터는 노인들을 멀리한다. 늙어서 보기 싫고 냄새가 난다며 가능하면 멀리하려고 한다. 노인들은 그것이 서럽다. 애지중지 눈에 넣어도 아프지 않을 것 같은 손자 손녀가 어느 때부터인가 저만큼 멀어져 있는 것을 발견하고 크게 실망하는 것이 사실이다.

주변 사람들이 '손자는 정성을 다해 키워놓아봤자 소용없다'라는 말들을 한다. 평소 나는 이 말을 귀담아듣지 않았는데, 큰 손녀 미나를 겪어보면서 이 말을 실감했다. 초등학교 때까지만 해도 그렇게 살갑게 굴던 미나가 차츰 말이 없어지더니 고등학교 때는 아예 입을 닫았다. 명절을 맞아 우리 집에 올 때면 할아버지한테 인사 한번 하고 나면 그뿐이다.

아이들은 집안의 꽃이다. 보고 또 보아도 예쁘고 귀엽다. 무엇을 주고도 바꾸지 못할 보배들이다. 그 예쁜 꽃이 할아버지를 외면할 때, 그 귀중한 보배가 떼구루루 굴러 없어졌을 때 그 실망이야말로 뭐라고 다 표현할 수 없다.

밤동산이란 어린이 놀이터가 주민센터 뒤에 있다. 그곳이 중앙시장 주변이라서 그런지 그곳에 노는 아이들을 보면 어른 뺨칠 정도로 약았다. 나는 가끔 현빈이와 수빈이를 데리고 그곳에 들른다. 그곳에서 현빈이와 수빈이가 또래의 다른 아이들과 어울려 노는 모습을 지켜보노라면 현빈이와 수빈이는 그들에 비해 너무 순진하다는 느낌을 받는다. 또래의 다른 아이들이 말하는 것, 노는 것을 유심히 보면 너무나 영악스러워서 가끔씩 깜짝깜짝 놀라곤 한다. 그런데 현빈이와 수빈이는 저렇게 순진하게 자라서 각박한 이 세상을 어떻게 헤쳐나갈까 하고 근심스러운 생각을 해 보기도 한다.

아이는 아이다워야지 되바라지고 어른스러우면 아이다운 맛이 나지 않는다. 그런 것을 생각하면 때 묻지 않고 해맑은 내 손주 남매가 한없이 자랑스럽다. 내가 내 두 아들을 기를 때는 그렇게 애지중지 귀여운 줄 미처 몰랐다. 그냥 덤덤하게 바르게 튼튼하게 공부만 잘하라는 바람으로 살았다. 그러나 손주들은 무한정 귀엽기만 하니 나이 탓인가. 그러나 저 애들도 성장하면 역시 할아버지 할머니를 멀리할 것이니 그 시기가 천천히 왔으면 하는 망상을 해 본다.

절망에서 희망을 찾다

몇 년 전 큰아들을 저세상으로 보냈다. 아들은 조그마한 공장을 십 년 넘게 운영하며 그런대로 잘 꾸려나갔다. 그 어렵던 IMF 기간도 가뜬히 견뎌 냈다. 그런 아들이 어느 날 허리가 아프다며 수원에 있는 성 핀셋병원 정형외과에 입원하여 검사를 받았다. 정형외과에서 일주일 이상 검사를 하더니 갑자기 내과로 옮기란다. 내과에서 매일 두세 차례 피를 뽑아 검사하더니 내린 결론은 간암 말기 선고였다. 그렇게 간암 말기 선고를 받은 아들은 손 한번 써 보지 못한 채 입원 4개월 만에 영안실로 가고 말았다.

사업장은 풍비박산이다. 큰아들이 사경을 헤맬 때 부동산에 공장 처분을 의뢰한다. 그러나 벌써 사장이 사경을 헤맨다는 소문은 파다하게 퍼져있다. 누워서 입 벌리고 감 떨어지기를 기다리는 사람들은 많다. 공장은 제값 받기가 만무하다. 결국, 공장 건물과 부지만 헐값에 처분하고 말았다. 내부 설비는 필요 없어서 뜯어가라고 하니 고철값이다. 얼마 전에 일억여 원을 들여 고쳐 놓은 설비를 뜯어 고철상으로 보내는 한심한 상황이 발생했다.

가정도 파탄지경이다. 사업상 받을 돈과 줄 돈은 엇비슷한데 받을 돈은 못 받아도 줄 돈은 주어야 한다. 나 역시 큰아들에게 아파트를 담보로 제공한 일억 원의 부채를 떠안게 되었다. 사업장을 정리하니 자산 가치의 십 분의 일 수준이다. 며느리는 부채정리가 되지 않아 법원에 상속 포기신청을 할 수밖에 없다고 했다. 나 역시 담보 제공된 부채 외에 더는 감당할 수 없어 동의했다.

이런 홍역을 치르고 난 후 처음 맞는 추석 전날이다. 집안에서는 추석 준비에 온 가족들이 분주히 움직이고 있을 때다. 마침 큰며느리가 손녀 미나와 같이 집안으로 들어섰다. 아내는 미나를 끌어안고 한참이나 흐느끼더니 갑자기 가슴이 아프다고 한다. 좋지 않은 예감에 방에다 뉘고 안정시켜 보았으나 별 효과가 없다.

작은아들을 시켜 병원으로 보내고 검사 결과를 기다리기를 몇 시간이 지났다. 그리고는 들려온 전화 소식은 심근 경색증이란다. 이럴 수가. 아내는 급기야 한림대 병원에 입원하고 각종 검사를 거쳐 4일 만에 수술을 받다가 그만 세상을 떠나고 말았다. 청천벽력이다. 아들을 잃은 지 날짜도 틀리지 않은 3개월만이다. 큰아들은 6월 23일, 아내는 9월 23일에 세상을 떠났다.

졸지에 아들과 아내 그리고 재산까지 날리고 이렇게 살아 있다는 것이 이상한 일이다. 미친 듯이 산을 헤매며 아내와 아들을 불러본다. 그리고 하늘을 향해 내가 무엇을 그렇게 잘못한 것이 많아 이런 참혹한 시련을 주시느냐고 소리쳐 보기도 한다.

주변에 좋은 사람들이 많다는 것에 나는 감사한다. 이들이 실의에 빠진 나를 항상 위로해주고 격려해 주는 덕에 이렇게 살아가고 있다.

오늘도 밤늦게 귀가한 나는 아내와 같이 찍은 사진을 바라보며 지난 세월을 뉘우친다. '여보, 미안하오, 살갑지 못한 나 때문에 마음고생도 많았겠지? 부디 저세상에서는 편안하게 쉬시오.'

그리고 생각한다. 내가 언제까지 이렇게 살 것인가. 아직도 내게는 아빠 잃은 큰손녀와 작은아들과 손자 손녀가 있다. 나 혼자 인생이 다 끝난 것 같이 이렇게 망가져 끝낼 수는 없다. 이렇게 다짐하며 흐트러진 마음을 다잡아본다. 다음날도 혼자 수리산 골짝을 헤매며 무엇으로 생활 방식을 바꿀 것인가를 생각하고 또 생각한다.

행정기관 복지시설에 각종 프로그램이 많다는 말을 떠올리며 찾아보기로 했다. 문화원에 국선도 단전호흡반에 등록했다. 강사와 수강생이 모두 여성들이다. 청일점으로 참여한다는 것은 여간 조심스러운 것이 아니다. 며칠을 고민하는 나에게 강사와 수강생들은 편안하게 생각하라고 용기를 준다.

이렇게 문화원과 인연을 맺으면서 내 인생에 많은 변화를 가져온다. 젊은 시절 소월 시집을 외울 정도였고 이광수와 정비석의 소설에 심취하여 소설가가 되어보겠다는 꿈을 가져본 때가 있었다. 그래서 1958년 당시 발행되던 아리랑 잡지의 문예 작품 모집에 투고하여 가작으로 당선된 기억을 떠올리며 문예 창작반에 등록했다.

우리나라는 어느새 여성 상위시대가 되어 있었다. 식당이나 극장 각종 행사장 등 어디를 가나 여성들이 대부분을 차지한다. 문예창작반에도 강사를 제외한 칠팔 명의 회원 모두가 여성들이다. 변화된 시대에 적응하기 위해 인고의 시간을 보냈다. 자연적으로 외모와 옷차림에 신경을 써야 했다. 여성 회원들에 대한 배려를 아끼지 않으려고 노력했고, 글솜씨가 회원들보다 뒤떨어지지 않으려고 문장 실력을 쌓는 일에 열정을 쏟았다. 무엇보다 내가 혼자 사는 홀아비라는 것을 들키지 않으려고 무던히도 애를 썼다.

혼자 산다는 것이 유리한 면도 있다. 그중 하나는 내게 가장 귀중한 시간이 많다는 점이다. 문화원에서 지내다 집에 들어오면 텅 빈 집안은 적막과 고독으로 가득하다. 이를 해결하는 방책은 컴퓨터 앞에서 자판기를 두들기는 일이다. 문예창작반 수업 시간에 들은 내용을 참고해 밤늦게까지 쓰고 지우기를 반복하다 보면 어느덧 자정을 넘긴다.

사람들은 가장 절박하고 고독할 때 무엇에 전념할 기회의 시간이 주어지는 것이 아닌가 생각해 본다. 외로움을 극복하기 위해 작품을 구상하고 쓰고 고치고 또 쓴다. 누구의 방해도 받지 않고 간섭도 받지 않은 채 혼자 생각하고 글을 쓸 때마다 희열을 느낀다. 내가 글 쓰는 공간인 방안은 성취감으로 채워진다.

한 가지 목표가 생기니 방황하던 마음은 안정을 찾아간다. 문예창작반에 등록한 후 첫 작품을 발표한다. 그러나 강사 선생님의 붉은 볼펜은 여지없이 내 작품 위에서 그림을 그린다. 내 글에선 맞춤법과 띄어쓰기가 엉망이었다. 지금도 어려운 것이 이 부분이다.

마침내 열매가 맺어졌다. 2007년 월간 『한국수필』 8월호에 내 작품이 신인상을 받으며 실렸다. 수상 작품은 문예창작반에서 배우고 익히고 스스로 갈고 닦아서 쓴 「소리 없는 눈물」과 「젊은 날의 추억」이다. 감히 등단이란 생각을 하지도 않았고 등단이란 용어조차 제대로 이해하지 못하던 나는 등단이란 영광을 안았다.

이렇게 나는 안양문화원 문예창작반 등단 1호가 되었다. 개강 칠팔 년 만에 첫 등단자가 나오면서 문예창작반은 잔칫집 분위기로 충만하였다. 그리고 연달아 다음 달에 두 번째로 임명숙 회원이 등단하자 수강생들의 사기는 하늘에 닿는 듯했다.

꿈꾸는 곳을 따라가다

— 우조일의 수필세계

배 준 석
시인 · 문학이후 주간

산문에서 수필은 다른 장르보다 더 진솔하게 그리고 여유롭게 자신의 이력이나 사연을 드러낼 수 있다. 스스로 살아온 모습을 가감 없이 보여주며 마음의 문까지 활짝 열고 하나하나 고백해 나가는 가운데 공감이라는 아름다운 분위기도 만들 수 있다. 희곡처럼 특징이 확실하거나 소설처럼 허구의 세계를 만드는 수고 대신 가까운 사람에게 편안하게 이야기를 들려주듯 글로 표현해 나가면 된다. 평론처럼 논리적이거나 딱딱한 분위기를 만들 이유도 없다. 부드럽게 슬쩍 자신을 낮추기도 하며 인간적인 모습을 굳이 숨기지 않는다면 수필가로서 본분도 다하는 일이 된다.

수필 속에서는 무엇보다 연륜이 중요하다. 젊은 사람들이 수필 쓰기 어려운 이유가 바로 여기에 있다. 수필은 사십이 넘어 써야 좋다는 말도 있다. 인생을 살아본 경험이 많아야 좋은 수필을 쓸 수 있다는 것이다. 인생이란 수많은 굴곡의 세월을 견디고 넘어봐야 수필 세계가 보이는 것이다. 눈물 젖은 빵을 먹어 봐야 인생에 대해 말할 수 있는 것과 같다. 섣부른 치기나 젊은 혈기가 용납되지 않는다고까지 이야기할 필요는 없다. 그래도 수필이라는 분야가 어떤 것인지에 대한 분위기는 한번 짚고 넘어갈 필요가 있다.

한 사람이 살아온 이야기는 작게는 개인사가 되지만 크게는 한 시대의 역사가 된다. 그것도 수필 속에서 소소하게 펼쳐지는 크고 작은 일들은 그 가치를 상승시키게 된다. 때로 수필이 역사의 증인 자리에 서게 되는 것이다. 한 시대를 풍미하며 오늘을, 우리 모습을 비춰보는 거울 역할도 하는 것이다.

이러한 일련의 서론은 우조일 수필가를 이야기할 때 필요한 사항이다. 구순이 가까운 연세에도 불구하고 수필의 끈을 놓지 않고 있으며 젊은 사람들 못지않게 건강한 몸과 마음을 가지고 있다는 것은 그 자체로 대단한 일이다. 그런 인연을 만나 같이 답사를 떠나고 문학 강의로 떠들고 작품을 고치며 숱한 세월을 흘려보냈다. 이제 그런 일련의 일들을 정리하듯 한 권의 수필집을 묶게 되어 누구보다 감회가 남다르기만 하다.

인연을 읽다

불교에서는 결과를 내는 직접적인 원인인 인因과 간접적인 원인인 연緣을 인연이라고 한다. 우조일 수필가와의 인연은 문학이라는 인因과 문학 수업이라는 연緣으로 크게 나눠 말할 수 있다. 그 인연이 첫 수필집을 만드는 데까지 자연스레 따라붙는다.

인연이라는 말을 뒤집으면 연인이 된다. 애인이라는 것이다. 그러나 인연의 뜻은 다른 말로 연분緣分이다. 인연과 다르게 연분은 더 깊은 남녀 간의 사랑 같은 분위기가 느껴진다. 인연이든 연인이든 그 바탕에는 사랑이라는 말이 자리 잡고 있다고 생각된다. 그 사랑은 대상에 따라 종류도 많고 의미도 많으며 농도도 다 다르다고 생각된다.

우조일 수필가와의 만남은 십 년도 훨씬 더 거슬러 올라간다. 당시 안양문화원 문예창작반을 방극인 시인이 지도하다가 건강상의 문제로 물러나게 되어 필자가 맡게 되었다. 그때 이미 우조일 수필가는 등단한 뒤였다. 다소 무뚝뚝한 경상도 남자의 모습 뒤로 강인한 군인 정신으로 무장된 몸과 마음은 인상 깊게 느껴졌다. 그리고 문학에 대한 열정이 가득해 보였다. 필자가 사는 1차 아파트 바로 앞에 있는 2차 아파트에 사는 동네 사람이기도 하다. 그뿐인가, 이번 수필집에도 나오지만 우조일 수필가 아버지 함자와 필자 이름이 똑같이 준석이라는 것이다. 이러한 기막힌 인연에 웃음을 지으며 문학적으로, 인간적으로 삶 속에서 인연의 길을 동행하려 한다.

더욱이 살아오는 동안 남다른 아픔과 한을 이겨내며 수필로 승화시켜 나간 우조일 수필가의 정신은 크게 주목할 일이다. 그러한 바탕 위에서 수필과 인생, 그리고 같은 길을 걷는 필자와의 인연은 더 깊고 그윽할 수밖에 없다.

주변을 읽다

우조일 수필가가 사는 동네는 태백산맥이 뻗어 내려가다 슬쩍 서쪽으로 틀어 달리던 중 우뚝 멈춰선 수리산 자락이다. 이른 아침부터 수리산 계곡으로 운동 가는 모습을 자주 보았다. 건강한 육체에 건강한 정신이 깃드는 법, 우조일 수필가는 이를 실천에 옮기는 사람이다. 아마 수리산 골짜기 골짜기를 다 걸어 다니며 신선한 산바람 맛도 충분히 보았으리라. 그런 곳에 자리한 병목안시민공원의 야경 이야기는 환상적이다.

한 바퀴 돌아 웅장한 물소리에 발길을 멈춘다. 낮에 본 폭포 풍경과는 판이하다. 인공바위로 가파르게 만든 폭포 주변에 나무를 심어 만든 풍경은 평소에 그렇게 아름답다고 생각해 본 적이 없었다. 그런데 어스름 달빛 속에 조명을 받은 폭포는 심산유곡을 연상케 하는 절경 중의 절경이다.

밤에 와서 폭포를 본 것은 이번이 처음이다. 평소에는 야간에 늦게까지 인공폭포를 운영하지 않기 때문이다. 높이 65m 폭 95m의 인공폭포에서 쏟아지는 세 줄기 폭포수와 독수리상이 내려다보는 좌측 끝에 폭포가 오색 조명을 받아 화려하게 용트림한다.

―「공원야경」에서

　이곳은 필자도 자주 간다. 야간에도 갔지만 이렇게 글로 남길 생각은 하지 못했다. 그런데 우조일 수필가는 주변의 익숙한 풍경을 놓치지 않고 글의 소재로 붙잡고 있다. 바로 이것이다. 거창하게 문학이라고 이야기하는 소재는 정작 우리 주변에 있는 것들이다. 먼 곳에서 찾는 것도 아니요, 요란하거나 유명한 것을 끌어들이는 것도 아니다. 요는 주변에 얼마나 애정의 눈길을 보내는가의 문제다. 그리고 낯익은 것을 낯설게 표현하는가의 문제다. 그런 차원에서 보면 가까운 곳에 있는 공원 풍경을 글로 쓴다는 것은 기실 어려운 일이다. 그만큼 새로운 시선이 필요하기 때문이다.

　떨어지는 물소리는 열두 줄 가야금 소리가 되고, 오색 무지개 불빛 속에 춤추는 물줄기는 선녀들의 춤사위다. 절벽 위 나뭇가지에 봉황이 춤을 춘다. 선녀들이 노닌다는 무릉도원이 여기로다. 꿈속인 양 깊은 선 세계로 빨려 들어온 나는 그만 넋을 잃고 말았다.
　선녀탕에 멱 감는 머리가 보인다. 출렁이는 물속에 누군가 시원히 몸을 담그고 있다. 하나, 둘, 몇 개의 사람 머리가 물속에서 일렁인다. 깊은 몽환 속에 빠져들던 나는 나무꾼이 선녀들의 옷을 훔치는 연상에 빠져들고 있었다.

심산계곡은 햇빛도 없이 컴컴하다. 멱 감는 선녀들은 폭포 구경에 여념이 없다. 살금살금 다가가 바위 뒤에 몸을 숨기고 목욕하는 선녀들을 구경한다. 그들이 몸을 일으키기를 기다려도 꿈적도 안 하고 폭포 구경에 열중한다. 저들의 벗은 몸매는, 또 저들이 입던 옷은 얼마나 아름다울까? 비단결 같은 촉감에 훅 불면 날아갈 것 같은 선녀 옷, 그러나 아무리 둘러봐도 선녀 옷은 보이지 않는다. 저 높은 절벽 위 나뭇가지에 일렁이는 그림자가 그들의 옷인지 모른다.

— 「공원야경」에서

자연 폭포도 아니고 버려진 채석장을 이용해 인공폭포로 만들어 놓은 것을 천하 절경으로 표현하고 있다. 거기다 상상의 날개를 펼치며 한가위 보름달까지 결합시키고 있다. 이 모습은 과연 황진이가 노래한 박연폭포가 부러울까, 득음을 위해 명창들이 찾는다는 수락폭포가 그리울까.

인공으로 만들어진 이 시대 풍경을 노래하는 우조일 수필가의 모습은 현대 수필의 진수를 마음껏 보여주고 있다. 상상이 수필 속에서 차지하는 비중이 날로 커지고 있다는 것을 선구자처럼 선보이고 있다.

휴머니즘을 읽다

문학 작품에서 만나는 소박한 휴머니즘은 독자와 간격을 가깝게 하고 감동으로 가는 역할을 한다. 글을 쓴다는 것은 먼저 인간성 존중, 인도, 인문주의자가 되어야 한다. 그런 의도로 보면 우조일 수필가는 휴머니스트다. 그것도 요란스러운 것이 아니라 사람 사이에서 인간적인 모습을 보여주고 있다.

"당신이 이 OO이요."
하니
"예."
한다.
"이 새끼 젊은 놈이 낮잠이나 자면서 자갈 부역은 왜 안 해!"
홧김에 그의 뺨을 연달아 세 번을 후려쳤다.
교통수단이라고는 걷는 것 외에는 아무것도 없는 당시 나는 이 한 사람 때문에 장장 두 시간을 땀 흘리며 걸어온 화풀이를 이렇게 하고 있었다. 쓰러졌던 사람이 눈물을 글썽이며 일어나 그간의 사정 이야기를 한다.

— 「젊은 날의 오발탄」에서

부역에 나오지 않은 젊은이에게 폭력부터 행사한 이야기다. 물론 우조일 수필가도 젊었을 적 이야기다. 말보다 행동이 앞설 수 있는 때이다. 그러나 이 글은 그 뒤의 일이 더 중요하다.

그는 폐결핵을 앓고 있는 환자였다. 대구에 있는 조그마한 섬유공장에서 일하다가 몸에 이상을 느꼈을 때는 이미 병이 깊어 있었다. 평소 기침을 자주 하며 기운이 없고 얼굴이 창백해 주변에서 먼저 폐병 환자로 의심하며 병원에 가보라고 성화가 심했다.
"젊은이, 이렇게 병을 키워서 오면 어떻게 하나?"

의사의 질책과 폐결핵 3기 진단을 받고 하늘이 무너지는 충격을 받았다.
— 중 략

공기 좋은 시골에서 병을 고치고자 이곳을 찾아들게 된 것이 어언 2년이다. 홀로 사는 어머니가 가정부 일을 해서 받은 돈으로 가끔 생활비와 약 그리고 먹거리를 놓고 갔다. 그는 혼자 생활해야 했고 몸의 상태가 좋은 날은 산에 올라 땔감도 해오고 약초도 캐다가 달여 먹어 보았으나 별다른 효과를 보지 못하고 몸은 점점 쇠약해져 운신도 힘든 상황이 되었다.
— 중 략

사정을 들은 나는 그의 손을 잡고 미안하게 되었다고 백배 사과를 했다. 당신의 도로 자갈 부역 관계는 내가 알아서 처리할 것이니 빨리 쾌차하길 바란다고 말하고 동장의 소매를 잡고 나왔다.

— 「젊은 날의 오발탄」에서

도로 자갈 부역에 나오지 않은 젊은이의 전후 사정을 알고 나서 자신의 잘못을 인정하고 사과하는 모습을 보게 된다. 잘못된 것을 아는 순간, 본래의 인간적인 모습을 회복하게 된다. 잘못을 알면서도 더 큰 잘못을 저지르거나 발뺌하거나 남에게 전가시키는 일이 비일비재한 지금의 우리 주변 모습을 떠올리면 의미가 만들어진다. 이러한 인간적인 면은 우조일 수필 세계를 더 깊이 있게 해준다.

또 다른 이야기도 소재 자체에서 느껴지는 인간적인 모습을 찾아볼 수 있다.

그녀는 스스로는 화장실도 이용할 수 없는 중증 장애인이다. 그러한 그도 여자로서 자기의 심부深部를 아무에게나 보이는 것은 수치스럽고 자존심이 허락지 않을 것이다. 그래서 이 역에 오면 반드시 윤 씨 엄마를 찾는다. 다른 아줌마들이 도와주려 해도 절대 사절이다.

그들 두 사람은 이 년여 전 처음 만났다. 몹시 더운 여름날이다. 윤씨는 그날도 여느 때와 마찬가지로 넓은 역 구내를 한 바퀴 돌아 화장실로 향하고 있었다. 장애인 화장실 앞에서 전동휠체어를 탄 여자가 초조하게 두리번거리고 있는 것을 발견했다. 직감적으로 느낌이 와서 다가갔다.

"내가 무엇을 도와줄까요?"

그는 반가워하며 화장실을 가리키며 무어라고 의사표시를 하는데 도대체 알아들을 수 없었다. 그러나 감을 잡고 변기에 그를 앉혀 볼일을 보게끔 했다. 그리고는 기다렸다가 다시 옷을 반듯하게 입히고 전동휠체어에 앉혔다. 엘리베이터로 향하면서도 몹시 고맙다는 표정으로 몇 번이고 고개를 끄덕여 인사를 한다.

이렇게 맺어진 인연이 이 년여가 지났다. 그녀는 때로 따뜻한 우유를 식지 않게 품속에 간직하고 와서 윤씨에게 마시라고 권한다. 또 지나는 길에 특별한 볼일이 없어도 반드시 찾아 인사를 하고 간다. 그러나 그들은 서로에 대해 아는 것이 별로 없다. 또 특별히 알아야 할 필요도 없다 만나면 안쓰럽고 측은하여 손발이 되어 불편함을 해소해 주고 싶은 것이 윤씨의 전부다.

— 「아름다운 인연」에서

중증 장애인과 윤씨와의 아름다운 만남 이야기가 구체적으로 나오는 것을 보면 가까운 사람 이야기다. 여기서 윤씨가 누구인지는 중요하지 않다. 다만 이러한 이야기를 흘려듣지 않고 수필의 소재로 끌어당긴 것은 전적으로 우조일 수필가의 마음이다.

그 마음속에서 장애인에 대한 또 다른, 남다른 관심과 인간적인 모습을 발견할 수 있다. 겉으로 마지못해 하는 일과 마음에서 우러나서 하는 일은 차이가 크다.

수필가는 1인칭 문학인 수필에서 경험한 것만 쓰는 것이 아니라 들은 이야기, 만난 이야기, 생각한 이야기도 다 쓸 수 있다. 그때 소재에 접근하는 마음에서도 인간적인 모습을 발견하게 된다.

한 시절을 읽다

어릴 적 살던 고향을 떠나 새롭게 정착한 곳을 제2의 고향이라고 한다. 철 없던 시절을 보낸 고향보다 더 절절한 사연이 깊게 새겨진 곳이 제2의 고향이다. 우조일 수필가에게 있어 제2의 고향인 안양은 그래서 더 유감이 많은 곳이다. 첫째는 군 생활로 인한 정착이다. 아직도 근무하던 부대가 그대로 있고 초청받아 새해 타종도 하고 PX를 이용하기도 한다. 둘째는 민간인과의 일이다. 그 과정에서 만든 삼봉마을 이름을 지었다든지 지금도 삼봉이라는 이름이 살아 있어 안양 문화의 한 부분을 담당하고 있다는 것은 상당한 역사적 사실이 아닐 수 없다. 세 번째는 군 복무를 마치고 그대로 안양에 자리를 잡으며 안양사람이 되었다는 것이다.

만안문학회가 문화원에서 이곳 박달도서관으로 옮겨와 처음 수업하는 날이다. 4층 문화교실 창밖으로 남서쪽 시가지를 바라본 내 눈은 타임머신을 타고 1970년대로 돌아가고 있다. 아파트 숲에 가리어 다 보이지는 않지만, 저 멀리 수리산 수암봉을 정점으로 좌우로 길게 박달동을 감싸 안을 듯 뻗어 나온 산줄기와 그 안이 스크린 속의 무대다.

왼쪽 박달삼거리 마을과 오른쪽 삼봉마을이 한눈에 들어온다. 저곳을 포함해 이곳 도로 건너편 시가지가 광활한 들판이던 시절이다. 이곳이 내 젊은 날의 영욕이 함께 어우러진 작은 왕국이었다. 그중 우측 삼봉마을에 유난히 눈길이 간다. 저 마을은 내가 만들고 삼봉동이란 동네 이름도 지었다. 뒷산에 조그마한 봉우리 세 개가 있어서 붙인 이름이다. 저 안쪽, 당시 미군 부대 탄약고 주변에 산재한 무허가 건물 47채를 집단 이주시키고 기존 20여 채를 합쳐 삼봉마을을 만든 것이다.

1970년에 나는 이곳 부대로 전입했다. 처음 받은 보직이 군수과의 부동산 담당관으로 약 230만 평의 광대한 유휴 군용지를 관리하는 업무를 맡았다. 이는 내가 논산훈련소 부동산과에 근무한 경력 때문이었다.

— 「삼봉마을은 이렇게 만들어졌다」에서

안양문화원에서 박달도서관으로 문예창작반을 옮기고 만안문학회라는 독립된 이름을 만들었다. 그때 모처럼 창밖으로 펼쳐진 풍경을 보며 군 복무 시절을 회상하고 있다. 안양사람들에게는 군용지라는 말로 더 알려진 곳이다. 그곳이 삼봉마을이 된 유래가 확실하게 밝혀지는 과정이다. 그 정점에 우조일 수필가가 자리하고 있다.

내가 처음 이 동네를 만들면서 삼봉동이란 명칭을 사용한 이후 지금은 이 마을 외에 여러 곳에 삼봉이란 명칭이 사용되는 것을 보고 놀랐다. 박달 삼거리에서 부대 쪽으로 들어가는 도로가 옛날에는 지도상에 군용도로라 명기되어 있었는데 삼봉로라 버젓이 명기되어 있다. 또 무명천이던 하천이 삼봉천이란 이름을 갖게 되었다. 삼봉초등학교는 후에 만들어진 학교이니 자연스러운 일이다. 동네 주민센터에 들러 관내도를 살펴보는 과정에서 위의 사실을 확인하고 뿌듯한 자부심을 느껴본다.

—「삼봉마을을 찾아가다」에서

한 시대의 역사를 다시 읽게 된다. 단순하게 군 복무를 한 것이 아니라 안양의 역사 한 페이지를 쓴 것이다. 제2의 고향에서 확실한 자리매김을 한 것이다.

우렁찬 제야의 종소리가 호국박달사 골짜기를 울린다. 대자대비한 부처님의 옥음玉音을 싣고 삼라만상 중생에게 펴져 가는 저 소리는 어려웠던 지난 세월을 말끔히 지우고 희망찬 새해를 알리는 복음福音이리라.

호국박달사는 내가 근무했던 부대 영내 호젓한 골짜기에 불도 장병들을 위해 세워졌다. 군승을 고정 배치받을 수 없는 부대 사정상 인근 주변 대형 사찰에서 스님들이 돌아가며 번을 맡아 이곳에서 설법을 한다. 오늘도 구룡사 스님이 와서 법회를 진행하고 있다.

얼마 전 부임한 부대장은 독실한 불교 신자다. 그는 이 부대 참모로 근무할 때 이 절을 세우기 위해 많은 노력을 했다. 그때 나도 같이 근무했기에 그의 노력을 익히 안다. 세월이 흐른 후 부대장이 되어 다시 돌아와 제야의 종을 휘하 장병들과 함께 치고 있으니 감회가 남다를 것이다.

종 만드는데 나도 약간의 시주를 했다. 이 부대에 장기간 근무하며 주임원사를 16년간이나 한 덕분에 초청을 받았다. 2진으로 세 명씩 좌우로 여섯 명이 타종 대를 잡았다. 흔들흔들하며 작은 구령에 맞춰 앞뒤로 흔들다가 '쾅' 하고 부딪치니 우렁찬 종소리가 밤하늘을 뒤흔든다. 난생 처음 0시에 제야의 종을 쳐 보았다.

— 「산상의 기원」에서

감회라는 것이 있다. 그것도 인생의 굴곡을 지나 과거를 돌아볼 때 만나게 되는 사연이다. 직업 군인으로 오래 근무하던 부대에서 초대를 받아 가는 길은 감회가 새로울 수밖에 없다. 그것도 호국박달사라는 사찰을 만든 과거, 함께 근무하던 사람이 부대장으로 와서 이제 다시 만나게 되었다는 것은 깊은 감회에 젖을 일이다. 거기다 생전 처음으로 새해를 알리는 타종까지 하는 일은 감격스런 장면으로 금의환향이라는 말까지 떠올리게 한다.

이렇다면 우조일 수필가의 군 생활은 성공적이라고 단언할 수 있다. 여기서 우조일 수필가의 평소 생활이나 살아온 과정이 어떠한지를 유추할 수 있다. 이는 수필 쓰는 사람들에게 차지하는 비중이 큰 일이다. 말로만, 글로만 그럴듯하게 쓰는 것도 문제가 있다. 수필을 쓴다는 것은 그 사람의 인품이 차지하는 비중이 더 크다고 생각한다. 그러한 인품을 갖춘 우조일 수필가의 모습은 당당하게만 느껴진다.

오밤중에 이게 무슨 날벼락이란 말인가. 우리 일행이 묵는 집이 아니기를 바라며 정신없이 뛰었다. 현장에 도착해 보니 지역 주민들은 보이지 않고 주인 할머니만 발을 동동 구르고 있다. 의용 소방수는 우리뿐이다. 불이 난 집은 다행히 우리 일행이 묵는 집 바로 뒷집이다. 남자들은 지붕 위로 올라가서 기왓장을 뜯어내고 물을 받아 불길을 잡고 여자들은 밑에서 양동이로 물을 퍼 나르느라 정신이 없다.

얼마나 시간이 흘렀는지 모르겠다. 큰 불길은 잡히고 잔불 처리만 남았다. 주위를 돌아보며 우리는 해냈다는 자부심에 가슴이 뿌듯했다. 얼굴이고 옷이고 숯 검댕이다. 서로를 바라보며 한바탕 웃었고 저마다 농담하며 완전히 소화 작업을 끝냈다.

— 「효자도의 소방수」에서

군인 정신은 아직도 우조일 수필가 몸에 그대로 배어 있다. 동료들과 여행을 떠난 곳에서 만난 화재를 진압하는 과정이 이를 입증하고 있다. 대개 불구경으로 그칠 수 있는 상황에서 용감하게 소방수를 자처한 일은 그대로 본받을 만한 일이다. 생각처럼 쉬운 일이 아니기 때문이다. 소방서도 없는 어촌에서 생긴 이 화재 사건은 수필 그 자체보다 더 큰 실제적인 의미가 있는 일이다. 그 일을 담담하게 펼쳐 놓았지만 그 끝은 수필 작품과는 또 다른 실감 나는 감동을 불러일으킨다.

우리는 오랜 군의 조직 생활을 되살려 일사불란하게 움직였고, 위기에 처했을 때 신속히 대응하는 훈련이 몸에 배어있는 사람들이다. 신기하게도 이 사람들이 때맞추어 이곳에 하룻밤 묵었다는 것은 참으로 기이한 인연이라 할 수 있을 것이다.

직접적인 연관이나 이권이 없으면 나 몰라라 하는 세상 풍토에 일말의 희망적인 요소를 발견하게 되었다면 그것이 바로 이 작품이 보여주는 휴머니즘이요, 힘들고 어려운 사람 편에 서는 작가적 양심이라고 할 수 있다. 그러한 부분을 진술하게 보여주는 이 작품에서 우조일 수필가의 진면목을 확인할 수 있다.

전통문화를 읽다

빛바랜 사연이나 물건이나 전통은 시대가 변할수록 오히려 더 빛을 발한다. 갈수록 사라지고 버리고 변화하는 가운데 사소한 일이지만 우리 고유의 전통을 오늘에 되살리는 일은 소중하다. 우조일 수필가는 우리 전통문화에도 깊은 관심을 가지고 있다.

추석을 십여 일 남겨놓은 어느 토요일이다. 아들 가족과 고향 산소에 성묘 가는 길이다. 이날 따라 청정한 날씨에 저 멀리 눈 앞에 펼쳐지는 푸른 산과 황금빛 들판이 말 그대로 한 폭의 풍경화이다.

시골에서 자라 농촌풍경이 익숙하다. 저 정도 풍경은 감탄할 정도로 아름답다고 느껴 본 적이 별로 없다. 또 황금빛 들판을 격찬하는 글들도 그저 시큰둥하게 생각했다. 그러나 오늘은 차창 너머 전개되는 풍경과 어우러져 나도 모르게 기분이 들뜨고 있었다. 손주들은 마냥 신이 나서 장난치고 재잘거리는 것이 한몫했는지도 모르겠다.

— 「성묫길 단상」에서

추석이면 해외여행 떠나는 사람들이 많아 비행기표를 구하기가 어렵다는 말이 나온 지 오래되었다. 그런 시대에 뒤떨어진 것 같은 성묘라니. 그러나 조상이 있었기에 오늘의 내가 존재한다면, 또 내가 잘살아야 후손에게 모범이 된다면 성묫길은 고리타분한 이야기가 아니라 새로운 의미를 갖게 된다.

3대가 같이 살던 풍경은 아니지만 손주까지 데리고 가서 3대가 만나는 성묫길은 그 풍경 자체가 그림이다. 돌아가신 부모님 묘소를 찾아가는 것은 오래된 우리네 미풍양속이다. 그래서 한 가족이 끈끈한 끈으로 연결된 의미가 생긴다.

주변 거리를 이곳저곳 기웃거려 보지만 명색이 설날인데 한복 입은 사람을 볼 수 없다. 한복이 그토록 거추장스러운 옷인가? 한복을 입은 여인의 모습이 얼마나 아름답고 품격이 있어 보이는가. 설날 어른을 찾아뵙고 조상을 성묘하는 하루만이라도 한복을 입어 주었으면 좋겠다는 내 생각은 기우인가? 어찌 된 일인지 몇 시간 동안 단 한 명도 한복 입은 사람은 보이지 않는다. 하기야 내 자식도 안 입으니 말해서 무엇할까.

— 「설날 단상」에서

설날 풍경이 예전과 같지 않다. 현대로 넘어오며 숱한 변화를 거치는 동안 우리 고유의 아름다운 민속 풍경은 상당 부분 사라졌다. 외래문화를 무조건 막을 수는 없지만 그렇다고 우리 문화를 무조건 버리는 것도 심각한 일이다. 더 심각한 것은 이미 우리 문화가 상당 부분 사라졌는데 여기에 안타까움이나 아쉬움이 없다는 것이다. 여기서 인식의 문제가 따른다. 인식하고 있는 것과 없다는 것은 큰 차이다.

　안양역에서 중앙시장을 거쳐 집으로 오는데 북적거리던 시장 안은 조용하고 다섯 사람의 동남아인 남자와 여자 한 사람, 그리고 한국 여자 한 사람이 그룹을 지어 나를 앞질러 저만큼 걸어간다. 그들은 내가 입은 한복이 낯설어 보이는지 힐끗힐끗 돌아본다.

— 「설날 단상」에서

　여기서 화자는 한복을 입고 있다는 것이다. 지나가는 외국 사람들과 우리나라 사람이 특이한 듯 힐끗힐끗 돌아본다는 것이다. 한복 입은 것을 오히려 이상하게 보는 느낌을 주는 구절이다. 아니면 외국 사람들에게는 생소한 옷차림이라 관심을 보이는 것일 수도 있다. 바로 이것이다. 우리 것이다. 우리에게 당연한 것이 외국 사람들 눈에는 특이하게 보이기 때문이다. 특이하게 보이는 것이 바로 우리만의 고유 의상 한복을 입었기 때문인 것이다.

　우조일 수필가가 가지고 있는 이러한 문화 의식은 수필의 격조를 또 한번 높여주고 있다.

일상을 읽다

수필 소재는 상당 부분 일상에서 확보하게 된다. 일상에서 느끼고 깨닫는 부분이 있어야 수필의 가치를 확보하게 된다. 자칫 일상으로만 빠져 극히 개인적인 이야기가 되면 어려움을 겪을 수 있다. 이때 어떤 소재를 가지고 무엇과 연결시킬 것인가의 문제와 만나게 된다.

여기 화분들은 자연 혜택을 제한받는 비좁은 공간에 갇힌 인간의 포로다. 그러나 숨이 턱턱 막히는 고통스러운 생을 유지하면서도 꽃과 잎을 피워 사람들에게 가시적인 즐거움을 주고 있는 것이 가상스럽기도 하다.

저 귀퉁이에 군자란이 입속에서 꽃대를 내뺄기 시작한 지 며칠이 지났다. 매년 초봄에 붉은 꽃을 피워 내 생일까지 기다려준다. 그래서 군자란이 피면 잊고 있던 생일을 생각하게 한다. 집사람은 저 꽃을 생일꽃이라 이름 지어 불러왔다.

— 「작은 정원」에서

화분을 인간의 포로라고 은유적으로 표현하는 것이 예사롭지 않다. 이는 화분 이야기면서 시멘트로 무장된 아파트라는 좁은 공간에 갇혀 사는 사람 이야기다. 그런 사람을 위로해 주는 식물의 역할이 크게 부각되고 있다. 사람과 자연이 땅을 딛고 시원하게 살아가야 한다는 분위기가 만져지는 느낌이다.

매년 초봄에 피는 군자란이 화자 생일까지 피어있어 생일꽃이라고 이름 지었다는 것 역시 단순하지 않다. 군자란과 화자와 긴밀하게 연결시키고 있기 때문이다. 말 자체로 군자란은 군자의 모습을 지칭한다. 그래서 화자와 연결된 순간, 화자도 군자로 인식하게 된다.

바로 이것이다. 우조일 수필가는 군자란에 연결시켜도 무리가 없기 때문이다. 이 시대 올곧게 살아가는 사람도 많지만 천박하게 욕심부리며 살아가는 사람은 또 얼마나 많은가.

그것도 직접 살을 대고 살아온 아내 입에서 나왔다는 이 한마디는 우조일 수필가를 전체적으로 평가하는 귀한 비유이다.

아픔을 읽다

절체절명이라는 말이 있다. 살아날 길이 없이 막다른 처지에 몰린 경우를 말한다. 여기서 절명이라는 말은 죽음을 뜻한다.

살아간다는 것은 기쁨과 슬픔이 교차하고 이어지는 큰 강줄기 같은 일이다. 내 뜻과 상관없이 벌어지는 일은 격정적인 환희로 나타나기도 하고 가슴을 도려내는 아픔으로 찾아오기도 한다. 그 아픔 중에서도 피를 나눈 가족과의 이별은 당사자 아니면 가늠할 수가 없다. 우조일 수필가도 그런 절체절명의 아픔을 겪었다.

몇 년 전 큰아들을 저세상으로 보냈다. 아들은 조그마한 공장을 십 년 넘게 운영하며 그런대로 잘 꾸려나갔다. 그 어렵던 IMF 기간도 가뜬히 견뎌 냈다. 그런 아들이 어느 날 허리가 아프다며 수원에 있는 성 핀셋 병원 정형외과에 입원하여 검사를 받았다. 정형외과에서 일주일 이상 검사를 하더니 갑자기 내과로 옮기란다. 내과에서 매일 두세 차례 피를 뽑아 검사하더니 내린 결론은 간암 말기 선고였다. 그렇게 간암 말기 선고를 받은 아들은 손 한번 써 보지 못한 채 입원 4개월 만에 영안실로 가고 말았다.

― 중 략

이런 홍역을 치르고 난 후 처음 맞는 추석 전날이다. 집안에서는 추석 준비에 온 가족들이 분주히 움직이고 있을 때다. 마침 큰며느리가 손녀 미나와 같이 집안으로 들어섰다. 아내는 미나를 끌어안고 한참이나 흐느끼더니 갑자기 가슴이 아프다고 한다. 좋지 않은 예감에 방에다 뉘고 안정시켜 보았으나 별 효과가 없다.

작은아들을 시켜 병원으로 보내고 검사 결과를 기다리기를 몇 시간이 지났다. 그리고는 들려온 전화 소식은 심근 경색증이란다. 이럴 수가. 아내는 급기야 한림대 병원에 입원하고 각종 검사를 거쳐 4일 만에 수술을 받다가 그만 세상을 떠나고 말았다. 청천벽력이다. 아들을 잃은 지 날짜도 틀리지 않은 3개월 만이다. 큰아들은 6월 23일, 아내는 9월 23일에 세상을 떠났다.

졸지에 아들과 아내 그리고 재산까지 날리고 이렇게 살아 있다는 것이 이상한 일이다. 미친 듯이 산을 헤매며 아내와 아들을 불러본다. 그리고 하늘을 향해 내가 무엇을 그렇게 잘못한 것이 많아 이런 참혹한 시련을 주시느냐고 소리쳐 보기도 한다.

― 「절망에서 희망을 찾다」에서

아들과 아내를 연달아 저세상으로 보낸 아픔을 견뎌내느라 얼마나 힘들었을까. 쉽게 느껴지지 않는다. '살아 있다는 것이 이상한 일이라'는 말로도 다 표현되지 않으리라. 일생일대 최악의 고통을 이겨내고 오늘 우리 앞에 우뚝 선 우조일 수필가에게 무한의 박수를 보내는 일은 모두 같은 마음일 것이다.

절망에서 희망을 찾는 일이 글 쓰는 사람들의 역할이다. 그 사명감을 몸소 실천한 사람이 우조일 수필가이다. 글로 쓴 것뿐만 아니라 실제로 견디고 일어나 글로 쓴 과정이 불굴의 의지를 보여주는 감동인 것이다.

다시 인연을 읽다

부침이라는 말이 있다. 뜰 부浮 자에 가라앉을 침沈 자다. 살다 보면 뜰 때도 있고 가라앉을 때도 있다는 말이다. 애끓는 아픔 뒤에도 다시 봄은 찾아온다. 그 과정에서 딛고 일어서려는 노력이 뒤따라야 한다. 대저 그냥 찾아오는 행복은 없다. 절망과 낙담 속에서도 마치 영화 속의 해피엔딩 같은 장면이 연출되고 있다. 우조일 수필가가 성실하게 살아온 일에 대한 보답처럼 느껴진다.

이즈음 그녀는 아는 사람으로부터 좋은 사람이 있으니 한번 만나보라는 권유를 받고, 아내 잃고 홀로된 갓 칠십의 한 남자를 만난다. 그는 군에서 정년 퇴임한 건실하고 반듯한 성격의 괜찮은 사람이다. 다만 나이가 열세 살 연상인 게 흠일 수 있겠으나 '너는 나이 많은 사람과 결혼해야 잘 산다' 는 어느 유명한 역술가의 이야기를 처녀 적부터 들어온 그녀에게 나이는 문제 되지 않았다.

그녀는 그와 재혼했다. 새로운 가족과 주변의 축복을 받으며 어느덧 십칠 년째 행복하게 살아간다. 또 천성이 착하고 베푸는 성격의 소유자라서 친인척은 물론 이웃 사람들로부터 인기를 끈다.

명절 때가 되면 아파트 경비원과 청소원들에게 선물을 챙겨주는 것은 물론 알고 지내는 주변 사람들에게도 일일이 선물하는 것을 잊지 않는다. 그녀는 매사에 상대보다 내가 손해 본다는 자세로 임한다.

그 보답인지 그녀의 집 현관문 손잡이에는 누가 놓았는지 음식물 봉지와 기타 선물 봉지들이 끊이지 않고 걸려있다. 삭막한 도시 아파트 생활에서 보기 어려운 풍경이다. 마치 화목한 시골 동네같이 포근한 광경이다. 그녀의 전화기는 수시로 울리고, 언니 동생 하는 통화음은 정겹기만 하다.

—「그 여자의 일생」에서

그녀가 주인공이다. 그녀는 우조일 수필가가 칠십의 나이에 만난 사람이다. 젊고 착한 아내를 다시 맞은 것이다.

그리고 수년이 지난 작년, 남편은 현재 거주하는 본인 명의의 아파트를 그녀 명의로 이전해주었다. 그렇다고 이전에 그녀가 남편에게 어떤 요구를 한 적은 한 번도 없다. 아파트 명의 이전은 그녀의 헌신에 감명받은 남편의 감사 표시였다. 그리고 열세 살 연상의 본인이 먼저 떠난 후 홀로 남을 그녀가 여생에 어려움을 겪지 않게 하겠다는 배려였다. 여기에는 상속인인 아들은 물론 집안의 그 누구도 반대하는 사람이 없었다.

그녀는 독실한 천주교 신자다. 매일 아침 일어나면 가장 먼저 성모상 앞에 꿇어앉아 돌아가신 조상 영혼들부터 가족들의 이름을 일일이 거명하며 안녕을 기원한다. 매일 그녀의 정성 어린 기도로 가정이 편안하고 화목하다고 가족들은 고맙게 생각한다.

그녀는 집안 대소사에 적극적으로 나서서 협력하는 마당발이다. 나이 많고 홀로된 시누이가 근처에 사는데, 친자매같이 가까이 지내며 매일 저녁 TV 드라마가 끝나면 빠짐없이 전화해서 드라마 이야기도 하고 이런저런 대화를 나눈다. 대구에서 농장을 운영하는 시동생이 각종 과일과 농작물을 보내오면 세상에 우리 형제 같은 집안은 없을 거라고 반기는 한편으로 반드시 그 보답을 한다.

이제 그녀 정체를 밝히자. 그녀의 첫인상은 까칠해 보인다. 그러나 상대해 보면 정반대로 예의 바르고 다정다감한 성격이어서 금방 친해지게 된다. 그녀는 바로 지금의 내 아내 유연순이다. 마누라 자랑하는 사람은 팔불출이라지만 나는 오늘 기꺼이 팔불출이 되고자 한다.

— 「그 여자의 일생」에서

인연도 사람 따라 다르게 찾아온다. 인연의 시작은 끝과 같을 때 완전체가 된다. 아파트 명의를 이전해주었다는 말에서 우조일 수필가의 폭넓은 마음을 엿보게 된다. 그 속에는 믿음도 사랑도 고마움도 꽉 들어차 있다.

아직도 아침 일찍 수리산 골짜기로 운동 삼아 걸어가는 모습이나 춥고 덥고를 따지지 않고 매주 수요일이면 박달도서관 4층까지 걸어와서 수업을 기다리는 모습은 이제 낯설지 않은 일이다. 희망이 일상이 된 것이다.

오늘을 읽다

어제가 오늘을 만든다. 오늘이 건강해야 내일을 믿게 된다. 오늘은 현재이지만 과거와 미래를 가늠하는 역할도 한다. 우조일 수필가의 과거는 현재를 읽게 한다. 물론 미래도 어느 정도 읽게 된다. 여행길에서 만난 선조의 꼿꼿한 과거 이야기는 현재를 사는 우조일 수필가의 모습까지 대비시켜주고 있다.

고려 후기 유학자인 역동易東 우탁禹倬 선생은 고향이 단양이어서 이곳을 즐겨 찾아 청유淸遊하였는데, 그가 역임한 벼슬이 사인舍人이어서 이 절경의 바위에 사인암이란 이름이 붙었다고 한다.

사인암 벽면에는 역동 선생의 글씨를 비롯해 수많은 서체의 암각자가 남아있다. 그리고 사인암 앞 평지의 바위(반석)에는 역동 선생이 즐겼다는 장기판과 바둑판이 새겨져 있는데, 무수한 세월 속에서도 변함없이 그대로 온전히 보존돼 있어서 역동 선생의 숨결이 느껴진다.

— 「단양에서 역동 선생을 만나다」에서

단양 사인암을 찾아 역동 선생의 숨결을 느끼고 있다. 단순하게 선조인가. 우탁 선생이 누구인가. 단양 우씨 문희공파 시조이다. 바로 우조일 수필가의 직계 조상이다. 남다른 감회가 없을 리 없다. 조상 앞에 서면 마음이 정갈해지고 겸손해질 수밖에 없다. 잘못한 일은 반성하게 되고 새로운 각오를 다지게 된다.

조상을 모시는 마음은 후손을 바르게 인도하는 힘이 있다. 그래서 우리 민족은 조상을 떠받드는 것이다. 이러한 마음가짐으로 조상을 대하는 우조일 수필가의 곧은 마음과 때로 까칠해 보이지만 올바른 면면도 살펴볼 수 있다. 우조일 수필가의 인간적인 모습의 바탕에는 이러한 우탁 선생의 곧은 정신을 이어받은 내력이 있는 것이다.

연륙교 지나 해변도로를 달리는 동안 내 눈은 꿈을 꾸고 있음이 분명하다. 차창 한쪽으로 금산의 웅장하고 수려한 모습이 손에 잡힐 듯 다가온다. 반대편 쪽빛 바다에는 멀리 가까이 점점이 늘어선 크고 작은 섬들이 눈에 익다. 옛날 내 고향 동네 앞 저수지 위에 떠 있던 연잎같이 정겹다. 자연스레 들고나는 해안선은 엄마의 젖가슴처럼 포근해 보인다.

이런 곳 저만치 해변에 예쁜 집 한 채 짓고 살았으면 좋겠다. 갈매기 벗 삼아 낚시도 하고 찾아오는 친지들과 산책도 하며 멋진 배 하나 정도 가지고 살았으면 좋겠다. 이런 생각을 하다가 이내 쓴웃음을 지어 본다.

— 「금산에서 꿈을 꾸다」에서

세월 앞에 변하지 않는 것은 없다. 하지만 꿈속같이 아름답다는 금산 보리암으로, 선조의 얼이 남아있는 단양 사인암으로, 다 사라졌지만 그래도 눈만 감으면 떠오르는 고향 약목으로 지금과 같이 건강한 모습으로 다시 찾아다니며 편안한 일상을 보내기를 기원하는 마음 가득하다. 우조일 수필가는 평소 반듯하고 자기 관리가 철저하여 반드시 두 번째 수필집도 또 우리에게 선물로 안겨줄 것으로 믿는다.

　반주로 소주 한잔하던 모습은 사라졌지만 그래도 삼덕공원 앞에서, 중앙시장 골목에서 우연인 듯 인연인 듯 스치다가 문득 만나면 같은 동네 사람으로 반갑게 먼저 인사드리며 오랜 인연을 오래 엮어나가고 싶은 마음, 추호 변함이 없다.

우 조 일 수필집

금산에서 꿈을 꾸다

초판발행 2025년 4월 25일

지 은 이   우조일
펴 낸 이   배준석
펴 낸 곳   문학산책사

등   록   제3842006000002호
주   소   ㉾14021
            경기도 안양시 만안구 병목안로 81 성원Ⓐ 103-1205
전   화   (031)441-3337 / 010-5437-8303
홈페이지   http://cafe.daum.net/munsan1996
이 메 일   beajsuk@daum.net
제 작 처   시지시 (전화 : 0505-552-2222)

값 10,000원

ⓒ 우조일, 2025

ISBN 979-11-93511-06-0 03810